Au plaisir de m

DEMI LARA

This is a work of fiction. Similarities to real people, places, or events are entirely coincidental.

AU PLAISIR DE MES ENVIES

First edition. January 25, 2023.

Copyright © 2023 Demi Lara.

ISBN: 979-8215348185

Written by Demi Lara.

Also by Demi Lara

Au plaisir de mes envies
Au plaisir de mes envies
Au plaisir de mes envies
Au plaisir de mes envies
Au plaisir de mes envies

Choisissez-Moi
Choisissez-Moi

Table des Matières

RÉSUMÉ

Être au volant quand un conducteur ivre tue vos parents ? Putain c'est nul. Sortir devant eux deux secondes avant qu'ils ne meurent ? Encore pire. Un signe de l'univers que vous foutez s'il n'y a jamais eu un. Peut-être que Creed n'est pas gay. Peut-être qu'il est juste... confus. Les filles l'aiment, après tout. Il est charmant, drôle et sait ce qu'il fait dans la chambre. Qui a besoin d'hommes quand on peut avoir une fille différente dans son lit chaque nuit ? Entre Zeke, le propriétaire de la salle de gym à côté. Il ne fait pas de gays enfermés. Il est sorti, il est fier et il n'est pas intéressé à être le sale petit secret de Creed.

1

Nous ne pouvons pas faire cela, peu importe combien nous voulons

Zeke peut clairement voir la panique dans mes yeux alors que je recule, et il s'assied, m'attirant pour un baiser et me tirant sur lui pour que je sois maintenant à califourchon sur lui. « Je ne veux pas encore venir », me dit-il en m'embrassant dans le cou. "De plus, je ne sais pas ce que tu ressens à propos de la déglutition."

"Je ne sais pas non plus," j'admets, trop excitée par son corps nu sous moi pour être tout sauf totalement et complètement honnête.

Zeke recule, l'air confus maintenant. "Attends... qu'est-ce que tu dis ? Tu as... tu as déjà fait ça, n'est-ce pas ?

« Embrasser ? Oui », je réponds, sachant que la prochaine partie pourrait tout changer. "Faire sauter quelqu'un... ? Non jamais."

"Ah putain", grogne-t-il. « Creed, tu ne peux pas juste... Je veux dire, si j'avais su... Tu sembles savoir exactement ce que tu fais, alors j'ai pensé... »

« Je veux », lui assure-je en passant mes doigts dans ses cheveux. Je veux reprendre là où nous nous sommes arrêtés, mais je ne suis pas sûr de ce qu'il veut à ce stade. Il a plus d'expérience que moi. Il ne voulait même pas faire ça avec quelqu'un d'aussi mal à l'aise avec sa sexualité que moi.

"Nous devrions arrêter", décide Zeke, semblant peiné. « Non pas que je ne veuille pas te déshabiller et te baiser, mais je ne t'ai pas amené ici pour ça. Il faut qu'on parle. Je ne veux pas que tu finisses par faire quelque chose que tu regretteras.

Je peux dire qu'il ne changera pas d'avis à ce sujet, alors je le quitte avec un soupir. Il se rhabille en hâte, se rassoit sur le canapé quand il n'est plus nu. Je remets ma chemise par-dessus ma tête et m'assieds également, gardant un espace sûr entre nous, parce qu'il n'y a aucun moyen que je puisse m'empêcher de l'embrasser s'il est plus près que ça.

« Êtes-vous sorti avec quelqu'un d'autre que moi et Sam ? demande Zeke, se déplaçant mal à l'aise alors qu'il ajuste son bric-à-brac. C'est bon de savoir qu'il est toujours aussi dur que moi.

« Non », je réponds en regardant mes mains. "Je euh..."

"Tu as déjà embrassé un mec, n'est-ce pas ?" Il a l'air un peu paniqué maintenant. "S'il te plait, ne me dis pas que je suis ton premier."

« Tu n'es pas mon premier », je lui assure. C'est mignon comme il est inquiet de... je ne sais pas... m'enlever mon innocence ou quoi ? Voler mes premières ? "Tu es mon... euh... deuxième."

Zeke jure et se lève du canapé, faisant les cent pas dans son salon pendant un moment. « Putain de merde, Creed, c'est... Depuis combien de temps connais-tu ton gay ?

"Je pense que j'avais 16 ans", j'avoue, en repensant à ce premier baiser avec Nolan, quand tout s'est soudainement mis en place, et à la honte qui a suivi juste après. "Vous?"

« 15 », répond-il. « Mais d'une certaine manière, je pense que j'ai connu toute ma vie. Il m'a fallu jusqu'à l'âge de 15 ans pour vraiment comprendre exactement ce qui me faisait me sentir si différent des autres. Je suis sorti quand j'avais 16 ans. Il y a quelque chose dans ses yeux qui me dit qu'il y a une histoire là-bas. Peut-être que cela fait partie de cette triste histoire à laquelle il a fait allusion à ce moment-là, quand il m'a parlé un peu du décès de sa mère. Je veux lui demander, mais il continue de parler. "Je suis déjà passé par là", me dit-il, faisant un geste entre nous deux. « Sortir avec quelqu'un qui n'est pas encore sorti, je veux dire. Je ne veux pas paraître grossier ou comme si je ne comprenais pas, parce que je le fais, mais ce n'est pas pour moi. Il m'a fallu beaucoup de temps pour être d'accord avec qui je suis, et je refuse de me laisser entraîner dans une spirale de honte avec toi.

« Est-ce que tu... je veux dire, si je n'étais pas... voudrais-tu sortir avec moi ? je demande, surpris de voir à quel point il est honnête à propos de tout cela. Nous venons juste d'avoir notre premier baiser il y a une demi-heure, après tout.

« Bien sûr », répond-il immédiatement. « Je t'aime depuis la toute première semaine, Creed. Il y a quelque chose à propos de toi... Je ne suis pas un gars qui a des aventures, je ne fais pas d'aventures d'un soir ou de rencontres occasionnelles. Ça... ça veut dire quelque chose pour moi, même si ce n'est qu'une expérience pour toi.

"Ce n'est pas le cas," j'insiste, me levant également et fermant l'espace entre nous pour que je puisse prendre ses mains dans les miennes. « Je ne mentais pas quand j'ai dit que je n'aimais pas qu'on me touche, Zeke. Je sais que c'est bizarre comme putain, mais je n'ai jamais aimé que les gens soient si proches de moi, pas même ma propre famille. Quand tu me touches, par contre..."

Il sourit quand je déplace une main sur le côté de son visage, caressant sa peau douce. « Je sais », murmure-t-il. « Mais... c'est trop intense pour toi. Si nous devions faire cela, ce serait immédiatement quelque chose pour moi. Quelque chose de vrai. Je sors seulement pour voir si quelque chose pourrait devenir une relation. Je ne sors pas juste pour le plaisir. Ceci... » Il fait un geste entre nous puis vers le canapé. "Ce n'est pas moi. Pas si vite après le premier baiser.

"Je ne peux pas sortir avec toi," je m'étouffe, les larmes me piquant derrière les yeux. Mon Dieu, cela se termine avant même d'avoir commencé, n'est-ce pas ? "Je t'aime bien, je t'aime vraiment, et je ne veux pas perdre notre amitié, et je veux vraiment t'embrasser à nouveau et bien plus que ça aussi, mais j'ai juste... je n'ai jamais dit à haute voix que je suis gay une autre fois dans ma vie. Je ne l'ai même pas dit à haute voix à Sam, même si elle le sait.

Heureusement, il ne m'a pas posé la question une autre fois où j'ai fait mon coming out à quelqu'un. Je ne suis même pas près d'être prêt à dire la vérité sur la mort de mes parents. Comment mon admission était ce qui a fait pleuvoir l'enfer sur moi et ma famille dans tout l'univers. Je ne peux pas. Je ne peux pas.

"Ensuite, nous redeviendrons amis", décide Zeke, l'air peiné. « Je sais que je dois avoir l'air vraiment méchant avec toi, et peut-être que je finirai par expliquer pourquoi je suis si catégorique à ce sujet, mais je ne peux vraiment pas faire ça si tu n'es pas à l'aise avec qui tu es. Je suis là si tu veux parler, et rien ne doit changer entre nous, mais on ne peut pas s'embrasser et tout ça si tu n'es pas sorti.

Je ne veux pas, mais je commence à pleurer. Putain de merde, qui suis-je ? Marc ?

« Oh Creed », murmure Zeke en m'attirant pour un câlin.

Je le serre si fort que ça fait mal, voulant disparaître en lui. Je comprends maintenant pourquoi les gens aiment être tenus quand ils ont mal. Je n'aime pas ça quand c'est quelqu'un d'autre que Zeke.

"Je suis désolé," je gémis, embarrassé d'avoir tout laissé tomber comme ça.

"Il n'y a pas besoin d'être désolé," m'assure-t-il, en me frottant le dos avec des mouvements apaisants. « Faites-moi confiance, je comprends. Je comprends tout à fait.

Je ne sais pas s'il le sait vraiment, puisqu'il n'a aucune idée de ce qui s'est passé avec mes parents, mais j'ai vraiment l'impression qu'il comprend. Lorsque nous nous reculons pour nous regarder, je vois la douleur que je ressens se refléter dans ses yeux. Pour moi, c'est une nouvelle sorte de douleur, alors que celle dans ses yeux ressemble à quelque chose de vieux, quelque chose qu'il a laissé derrière lui il y a longtemps, qui revient le hanter parce que je m'effondre comme ça.

« Je devrais y aller », je souffle en m'essuyant les yeux.

"D'accord", dit Zeke, sans me combattre, même si je peux dire qu'il veut que je fasse autant que je veux partir - pas du tout. « Je m'occuperai du ménage ce soir, d'accord ? Tu vas parler à Sam. Quoi que vous fassiez, n'enfermez pas tout cela à l'intérieur. Tu sais où me trouver si tu as besoin de parler.

Je hoche la tête, tout mon corps tremblant. Je ne me contrôle plus, plus du tout, et ça me fout la trouille. "À demain."

"Ouais," acquiesce-t-il, ses yeux me suivant alors que je me dirige vers la porte d'entrée. "À demain."

SAM ME JETTE UN COUP d'œil quand je frappe à la porte de sa chambre, puis elle me fait entrer à l'intérieur, me pousse sur son lit et s'assied à côté de moi. "Qu'est-il arrivé?" demande-t-elle, l'air inquiète.

"Il ne sort pas avec des gays enfermés, et je ne sortirai pas de si tôt." Peut-être pas jamais. "Donc..."

Sam soupire et s'appuie contre le mur derrière son lit. "Merde. Je suis vraiment désolé. Je pensais... Je ne sais pas. La façon dont vous vous regardiez tous les deux ces deux derniers mois... »

"Il m'aime bien", je confirme, toujours incapable de croire qu'il m'a vraiment dit ça. "Mais il ne veut pas s'impliquer avec moi à moins que je sois fier et fier, je suppose."

"Et vous n'êtes pas loin, et certainement pas fier", résume Sam. « Putain de merde, Creed. Je suis vraiment désolé. Tout est de ma faute pour t'avoir poussé.

« Non, non », je lui assure. "Pas du tout. Vos méthodes étaient mauvaises, mais vos intentions étaient bonnes. De plus, il veut toujours être mon ami, alors... tout va bien.

Seulement ce n'est pas le cas. Ce n'est pas bon du tout. L'heure passée avec Zeke était... tout. Comment suis-je censé revenir à la façon dont les choses étaient avant quand je sais comment il se sent, comment il sonne, quel goût il a, même ?

"J'ai essayé de lui tailler une pipe", j'avoue en grimaçant un peu. "Je n'ai jamais fait ça avant."

« Tu n'as jamais... » Sam jure bruyamment et jette son oreiller contre le mur. « Je pensais que tu n'étais pas encore sorti, mais je ne savais pas que tu étais complètement inexpérimenté ! Je ne t'aurais jamais poussé si fort si j'avais su ça !

« Pourquoi tout le monde pense que je sais ce que je fais ? » je demande en secouant la tête face à toute la situation. « Zeke pensait aussi que j'avais plus d'expérience. Je n'ai jamais été qu'avec un mec. Mon meilleur ami au lycée, de 16 à 18 ans. Et nous n'étions pas officiels ou quoi que ce soit. Nous avions tous les deux des copines quand nous nous sommes embrassés pour la première fois, je la baisais toujours tous les week-ends même si lui et moi nous embrassions comme les adolescents excités que nous étions chaque fois que nous pouvions trouver un moment ensemble, seuls. J'ai rompu avec elle, bien sûr, parce que je détestais être un tricheur, mais lui et moi n'avons jamais été plus qu'un sale petit secret. Depuis que j'ai rompu avec lui juste avant la remise des diplômes, il n'y a plus que des filles.

Samantha ne semble pas savoir quoi dire à cela, alors nous restons tous les deux silencieux pendant un long moment.

« J'aime beaucoup Zeke », avoue-je en fixant le mur. « Il pensait que j'étais dégoûté par lui quand j'ai découvert qu'il était gay, alors... c'est en quelque sorte pour ça que je lui ai dit, je suppose. Je ne voulais pas qu'il pense que je..."

La main de Sam se pose sur ma jambe, la serrant doucement. Je ne déteste pas le toucher, mais je ne l'aime pas particulièrement non plus, même si elle est vraiment l'amie la plus proche que j'ai. Je suppose que la seule personne que j'aime vraiment me toucher est Zeke, mais il ne veut pas le faire à moins que je ne dise au monde entier que je suis gay.

"Maintenant quoi ?" me demande-t-elle doucement.

"Maintenant, je recommence à me concentrer sur l'école", je décide. "Oui, je suis gay, et coucher avec des filles n'y changera rien, mais je ne peux tout simplement pas... Tu ne comprends pas, et je ne peux pas te l'expliquer, mais je ne peux pas simplement dire aux gens que je Je suis gay, Sam.

« Ils ne te détesteront pas soudainement », me dit-elle en me regardant d'un air compatissant. "J'étais tellement sûr que mes parents me détesteraient. Que ma meilleure amie me mépriserait quand elle découvrirait que j'étais amoureux d'elle. Que mes autres amis penseraient que j'étais sale ou quelque chose comme ça. Mais mes amis le savaient déjà, les choses n'ont été gênantes avec mon meilleur ami que pendant un mois environ, et mes parents m'ont tout de suite accepté, même s'ils étaient surpris. Parfois, le problème n'est pas la réaction des autres, mais l'importance que vous accordez à la situation dans votre tête.

Elle ne comprend pas, et je ne peux pas lui expliquer.

« Je ne suis pas toi », dis-je en me levant de son lit. « Je sais que tu ne comprends pas, mais je ne peux pas. Même si cela signifie ne pas avoir de chance avec Zeke.

"D'accord", répond Sam avec un soupir. "Sommes-nous toujours amis?"

"Bien sûr que nous le sommes, je t'ai fait un putain de bracelet d'amitié", je plaisante, essayant de me détendre.

Elle sourit. "D'accord. Bon. Parce que j'ai besoin de votre aide.

Oh mon Dieu.

"Avec...?" je demande, craignant le pire.

"J'ai promis à Devon de faire des spaghettis alla puttanesca ce soir, mais honnêtement, je ne sais même pas ce que cela signifie." Elle rit alors que la surprise se lit sur mon visage. "Tout dans la vie ne dépend pas pour qui ta bite devient dure, tu sais. Nous, les mortels inférieurs, devons encore manger et chier et prendre des douches et tout.

Je ris à cela, heureuse que tout ne doive pas être intense. « C'est des tomates, de l'huile d'olive, des anchois, des olives, des câpres et de l'ail. Peut-être quelques flocons de piment broyés, si vous l'aimez épicé. Et du parmesan, évidemment.

"Oh, ça a l'air incroyable", dit-elle avec de grands yeux. « Allons faire du shopping alors. Nous avons besoin d'ingrédients. Saurais-tu par hasard faire tes propres pâtes ? Elle hausse les épaules en voyant mon regard incrédule. "J'ai promis à Devon."

« Putain de fille, pour quelqu'un qui n'aime que les femmes, tu essaies vraiment d'impressionner un homme », plaisante-je en la poussant du coude. « Allez, allons faire les courses. Je ne suis pas chef, mais j'ai déjà fait des pâtes. Nous pouvons tout à fait le faire.

C'est comme ça que je finis par cuisiner de la pâte maison pour toute la maison, quelques heures après mon premier baiser avec un homme depuis mes 18 ans, et ma première tentative - hélas ratée - de faire une pipe à quelqu'un. Dans l'ensemble, ce n'est pas un mauvais score pour une journée qui a commencé plutôt normalement. Bizarre, oui, mais pas mal.

2

Soirée de soutien surprise

Une fois de plus, je suis dans un avion pour retourner dans ma ville natale, même si cela ne fait pas si longtemps que je ne l'ai pas visitée. Quand votre sœur vous appelle pour ramener votre cul à la maison pour venir à une fête de soutien surprise pour votre frère et vous envoie même l'argent pour venir, vous ne pouvez pas exactement dire non, n'est-ce pas ? Marcus a beaucoup souffert avec tout le gâchis de l'Aliyah, et apparemment Gracie et Nia lui organisent une fête surprise juste pour lui montrer combien de personnes ont son dos.

N'est-ce pas simplement la chose la plus douce que vous ayez jamais entendue ?

Je ne suis peut-être pas au meilleur endroit dans ma propre vie, mais j'ai des gens qui me soutiennent. Ma famille, bien sûr, mais aussi Sam et Zeke. Et Devon, qui semble sentir que quelque chose ne va pas avec moi, et qui essaie d'être là pour moi de la seule façon qu'il connaisse : bière, pizza et bavardages. Je dois aimer le gars pour avoir essayé.

Je comprends enfin comment les amis peuvent se sentir comme une famille, et j'adore que Gracie et Nia fassent ça pour Marcus. Il le mérite.

Les choses entre moi et Zeke ont été... intéressantes, je suppose. Gênant à coup sûr, mais il semble déterminé à ne pas laisser cela ruiner notre amitié. Je m'entraîne toujours dans sa salle de sport presque tous les jours et il me rejoint souvent lorsqu'il trouve le temps. Nous ne parlons pas, nous nous entraînons juste, mais cela signifie pour moi qu'il ne semble pas me blâmer de ne pas sortir pour lui. Je nettoie la salle de sport tous les soirs, parfois avec Stella derrière le bureau, parfois avec Zeke à genoux à côté de moi, sans jamais avoir l'impression qu'il est au-dessus de déboucher les toilettes même s'il est propriétaire de l'endroit. Le yoga est inconfortable même sans qu'il me touche, mais je suis déterminé à aller jusqu'au bout. À un moment donné, je devrais être capable de passer toute cette putain d'heure sans avoir envie de m'enfuir, n'est-ce pas ?

À la seconde où l'avion atterrit et que je me dirige vers l'aéroport, je sors mon téléphone pour vérifier mes messages. Il y en a deux de Sam, qui me disent que je n'ai plus jamais le droit de repartir, car elle ne peut apparemment même pas réchauffer de soupe sans moi. Il y a une photo de Devon regardant une tasse de soupe comme si c'était toxique, faisant la moue de façon dramatique. Je leur envoie une photo de moi à l'aéroport, tirant la langue.

Le prochain message est de Dshawn me disant qu'il m'attendra à l'extérieur parce qu'il n'a pas trouvé de place de stationnement et qu'il fait le tour de l'aéroport pour ne pas recevoir de ticket pour se garer sur un trottoir quelque part. Le dernier message est de Zeke, et mon rythme cardiaque s'accélère lorsque je l'ouvre.

Hé, ça dit. Bon week-end.

Tellement formel. Là encore, c'est le premier SMS qu'il m'envoie, donc je ne sais pas à quoi d'autre je m'attendais. Nous nous voyons tous les jours, en gros, depuis le jour où nous nous sommes rencontrés, donc il n'y a pas vraiment eu besoin de textos jusqu'à présent. Nous essayons tous les deux de comprendre comment approfondir notre amitié sans nous aventurer en territoire dangereux. Je suppose que ce texte est sa façon de faire du surplace avec précaution.

Je ne veux pas que les choses soient aussi formelles et gênantes, alors je prends une autre photo de moi, boudant. Tu me manques, je lui tire dessus, espérant ne pas pousser les choses.

Sa réponse est instantanée, et je souris quand je vois une photo de lui en train de dîner seul dans son appartement, levant son verre de vin vers moi. Pareil ici, ajoute-t-il.

J'attrape mon sac à la récupération des bagages et me dirige lentement mais sûrement vers la sortie. J'attends sur le trottoir jusqu'à ce que je voie la voiture de Dshawn passer. Je cours et saute dedans pour qu'il n'ait pas à se garer n'importe où. On frappe le poing et puis il repart. Luke et Maisy sont à l'arrière dans leurs sièges pour enfants, bavardant l'un à l'autre. Je mets ma ceinture de sécurité et oriente mon corps vers eux, leur disant à quel point c'est bon de les revoir.

"Tu m'as manqué aussi," dit Luke avec une expression très sérieuse sur son joli petit visage.

"Bien," je lui dis, tout aussi intensément. "Si vous ne le faisiez pas, je me sentirais rejeté."

Dshawn rit. « J'ai hâte que tu aies tes propres enfants. Tu vas être un si bon père.

« Je ne sais pas si je veux des enfants », dis-je, pour une fois honnête. "J'aime le tien, évidemment, mais je ne peux pas m'imaginer être père."

Il me regarde avant de reporter son attention sur la route. "Je comprends, en fait. Je ne me voyais pas non plus avoir d'enfants, jusqu'à ce que je commence des choses avec Shaughna. Et même alors, nous voulions tous les deux attendre au moins dix ans, jusqu'à ce que nous ayons la trentaine avant même d'essayer. Il y a plus que la vie que d'avoir des enfants. Il sourit en regardant ses enfants dans le rétroviseur. "Cela étant dit, j'aime évidemment ceux-ci plus que la vie elle-même. Mais deux, c'est plus que suffisant. Je ne peux pas imaginer en avoir six, comme maman et papa.

"Ugh, non," je suis d'accord tout de suite. « Peut-être que j'en aurai un, éventuellement. Deux, si le premier est vraiment calme et doux. Six... pas moyen, mec.

"Pensez-vous que l'un d'entre nous en aura autant?" Dshawn se demande à haute voix, prenant un virage à droite. « Je sais que Nia et Khiêm n'en veulent que deux, mais qu'en est-il de Marcus, Pierre et Aliyah ?

Je prends un moment pour y penser. "Je pourrais voir Marcus avec toute une maison pleine d'enfants", je décide finalement. « Surtout maintenant qu'il est avec Gracie. Peut-être pas six, mais trois ou quatre... »

"Ouais, il est né pour être papa", acquiesce immédiatement Dshawn. "Je ne peux pas imaginer Pierre avec des enfants, pour être honnête, mais c'est peut-être parce qu'il n'a que 18 ans et qu'il n'a jamais eu de petite amie sérieuse jusqu'à présent."

Je ris. "Quand Marcus avait 18 ans, il savait déjà qu'il voulait se marier et avoir des enfants. Tout n'est pas une question d'âge. »

Mon frère prend un moment pour réfléchir à cela, hochant lentement la tête. "C'est vrai, mais vieillir change votre point de vue sur les choses. Je pensais que j'irais bien même sans enfants, mais quand il a fallu plus d'un an à Shaughna et moi pour concevoir... Je ne vais pas mentir, c'était bien plus difficile que je ne l'aurais imaginé. Normalement, il n'en parle pas, pas avec moi du moins. "Et l'Alyah ?"

"Prions simplement qu'elle réussisse à sortir de son adolescence sans se mettre en cloque", je plaisante.

"Oh mon Dieu, ne plaisante même pas avec ça", grogne Dshawn. "Je m'inquiète pour elle encore plus que je m'inquiétais pour Nia, et cette fille m'a empêché de dormir la nuit de très nombreuses fois."

Maisy réclame notre attention en criant "surprise!" au sommet de ses poumons.

"Très bien", lui dit fièrement Dshawn. "C'est ce que nous disons quand Marcus se présente."

Maisy hoche la tête, contente d'elle. Elle nous ordonne de chanter pour elle, alors nous obligeons. Quand Dshawn se gare devant l'immeuble de Gracie, on a chanté huit fois la même chanson stupide.

Je sors et aide Luke à sortir de la voiture pendant que Dshawn fait de même pour Maisy.

« Où est Shaughna ? » Je demande à Dshawn alors que nous nous dirigeons vers le bâtiment et Gracie nous fait signe d'entrer.

"Restaurant", répond-il en prenant Maisy quand elle a essayé de s'enfuir. "Elle sera ici dans une demi-heure, maximum."

L'appartement de Gracie est déjà rempli de monde et Luke s'enfuit pour jouer avec le fils de Benji, Aston et Annabel. Je salue mon frère avec des sourires et un câlin pour Nia, qui ne semble jamais comprendre à quel point je déteste qu'elle se lève dans mon espace personnel. Elle me tend Thanh quand elle doit aller aux toilettes, alors je me promène avec elle un moment, la berçant pour qu'elle ne pleure pas.

« Ne laissez personne vous apercevoir en train de tenir un enfant, sinon une pauvre fille aura les ovaires qui claquent », me dit Pierre en sirotant une bière.

Je le lui prends et le termine pour lui, serrant Thanh contre ma poitrine avec l'autre bras. "Tu n'es pas assez vieux pour la bière, petit frère."

Il roule des yeux. "N'agissez pas comme si vous aviez attendu jusqu'à 21 heures pour boire."

Shaughna entre juste au moment où je suis sur le point de taquiner Pierre un peu plus, et elle prend immédiatement une photo de moi et Thanh avec son téléphone, attrapant Luke par terre avec son autre main et criant à Annabel de lui verser un verre de vin . C'est une force de la nature, celle-là. Je ne pourrais jamais vivre avec quelqu'un comme ça, mais elle est parfaite pour Dshawn, et j'adore l'avoir avec moi lors des réunions de famille. Mon téléphone sonne et elle me prend Thanh avec un clin d'œil. Je ris quand je vois qu'elle m'a envoyé la photo de moi avec Thanh, la bouteille de bière vide toujours dans ma main.

Oncle de l'année, j'envoie un texto à Zeke, en ajoutant la photo.

Oh, elle est si mignonne, il riposte deux secondes plus tard. Et tu as l'air bien aussi, je suppose.

S'il vous plaît, Je tape en souriant à moi-même, ne mens pas. J'ai l'air mieux que bien.

Bien, tu es sexy comme de la merde, il accepte, ajoutant une dizaine d'émoticônes de flamme.

"Oooooh," dit Nia à côté de moi, surgissant sans que je l'entende approcher. "A qui écris tu?"

"Juste une fille," je mens en rangeant mon téléphone dans ma poche arrière, reconnaissante qu'elle n'ait pas vu le nom de la personne à qui j'envoyais un texto. Je ne peux pas prétendre que Zeke est un nom de fille, après tout. Si seulement il avait un nom unisexe comme Sam. Je devrais être plus prudent à partir de maintenant.

"Les mecs!" Gracie agite ses bras vers nous tous, l'air énervée. "Il est là!"

Ah. Mon frère a daigné nous honorer de sa présence. Nous devenons tous silencieux, attendant que Marcus entre pour que nous puissions crier surprise.

"Hey ma chérie", crie Marcus depuis le couloir. "Je suis ici! Veillez excuser mon retard. La situation de stationnement est folle là-bas. Un connard a garé sa jeep à deux endroits.

"C'est toi", marmonne Khiêm à Jagger. "Connard."

"Et il y a deux fois plus de voitures ici que d'habitude", poursuit Marcus. "Je pense qu'un de vos voisins organise une... fête..." Il se tait quand il entre, nous voyant tous debout là à l'attendre.

"Surprendre!" Maisy lui crie dessus. "Surprendre! Surrrrrrrr-prrrrrrriiiiiiiiiiiis !

De toute évidence, Marcus a les larmes aux yeux et Gracie et lui s'embrassent quand elle explique pourquoi nous sommes ici. Ils sont si mignons ensemble que ça fait presque mal de les regarder directement.

"Tu ne veux pas vomir rien qu'en leur présence ?" La meilleure amie de Gracie, Rose, me marmonne.

"Certainement", je suis d'accord. "Je ressens la même chose autour de toi et Jagger, cependant."

Elle sourit. "Tu es juste jaloux, Creed."

J'en ris, mais je dois admettre que je le suis. Presque toutes les personnes présentes dans cette pièce sont soit mariées, soit engagées dans une relation à long terme, nouvellement amoureuses ou fiancées. Tout ce que j'ai, ce sont des SMS de flirt avec quelqu'un qui ne sortira pas avec moi, même s'il a admis m'aimer suffisamment pour le vouloir.

Veux-tu venir dîner bientôt ? je demande à Zeke, agissant par impulsion. Je cuisine pour tous mes colocataires mardi.

Ça ne compte pas comme un rendez-vous, n'est-ce pas ? Il a dit qu'il voulait être amis...

Sûr, Zeke répond quelques secondes plus tard. On dirait qu'il est collé à son téléphone comme moi. Attendez... pouvez-vous cuisiner ? Ou allez-vous simplement jeter quelque chose au micro-ondes ?

Je peux faire des pâtes à partir de zéro, Je me vante, ce qui n'est même pas un mensonge après avoir cuisiné avec Sam. Aimes-tu la nourriture italienne ?

Si, il à répondu. Je suis un quart italien, en fait, donc il en faut beaucoup pour m'impressionner.

J'apporterai mon A-game.

Je n'arrive pas à arrêter de flirter avec lui, et je ne prévois pas d'essayer de sitôt. On ne se touche pas, on ne s'embrasse pas ou quoi que ce soit, on ne se dit même pas quelque chose que des amis ne peuvent pas se dire. C'est parfaitement sûr pour nous deux. De plus... c'est Zeke. Je lui enverrais volontiers un texto toute la journée.

« Pourquoi souriez-vous ? » demande Aliyah en me lançant un regard curieux.

« Rien », je mens en rangeant à nouveau mon téléphone. "C'est bien, ce que Gracie a fait pour Marcus."

« Ouais », acquiesce-t-elle avec un soupir. "Elle n'est peut-être pas aussi mauvaise que je le pensais."

Le reste de la fête est assez amusant, et je finis plus qu'un peu bourdonné par la fin de tout cela. Je remonte dans la voiture de

Dshawn, puisque je m'écrase avec lui et Shaughna ce soir avant de rentrer chez moi demain. Je prends une douche une fois de retour chez eux, puis je me glisse dans le lit de leur chambre d'amis.

Je ne peux pas m'en empêcher. Je prends mon téléphone et vérifie si Zeke a envoyé un texto.

Il a fait.

Que fais-tu ?

Ce n'est pas le message texte le plus génial de tous les temps, mais je ne me plains pas. Il pense à moi, apparemment, à 1 heure du matin, alors qu'il devrait être profondément endormi.

Je suis au lit, Je réponds. La fête était sympa, mais j'ai regardé mon téléphone toute la nuit, grâce à toi.

J'étais au bar, mais j'ai eu exactement le même problème, il réplique.

Vous dérangez, Creed Davis.

De retour sur vous, Ezekiel Maddox.

3

C'est humain de se culpabiliser

Quand j'entre dans le hall d'arrivée de l'aéroport, j'ai l'impression de rêver. À ma plus grande et totale surprise, Zeke m'attend, tout souriant lorsqu'il me voit franchir les portes coulissantes avec ma petite valise.

"Que fais-tu ici?" je demande, tendant la main pour l'enlacer sans même y penser.

Il me serre contre lui et me serre fort. "Je suis là pour venir te chercher, bien sûr."

Je n'arrive pas à croire qu'il ait sérieusement conduit jusqu'à l'aéroport juste pour venir me chercher, sans même me le dire. C'est la chose la plus douce qui soit. Et nous ne sortons même pas ensemble ou quoi que ce soit.

"Pour quelqu'un qui n'aime pas être touché, tu me serres très longtemps dans tes bras", plaisante Zeke en s'éloignant de moi avec un sourire.

Mes joues rougissent et je remercie Dieu pour ma peau foncée qui lui cachera ma rougeur féroce. Sérieusement, il me donne l'impression d'avoir à nouveau 16 ans. Quand je rentre chez moi, un de mes frères et sœurs se présente généralement pour me ramener à la maison avec eux, mais personne ne vient me chercher quand je retourne à l'université. C'est la première fois que quelqu'un m'attend ici, et cela remplit mon cœur d'une sorte de sensation floue chaleureuse que je n'ai pas ressentie depuis très longtemps.

« Allez, dit Zeke en me prenant ma valise. "Allons vous ramener à la maison."

« Tu sais que je peux transporter mes propres affaires, non ? » je demande en essayant de lui reprendre mes bagages, mais il les tient hors de portée avec un sourire taquin. "Je ne suis pas une sorte de demoiselle en détresse."

Il rit et passe son bras autour de moi comme si c'était la chose la plus naturelle au monde. "Je sais, mais je suis un gentleman."

« Fais-tu ça pour tous tes amis ? » je demande, me maudissant d'avoir posé une question aussi stupide.

« Les récupérer à l'aéroport ? Ouais, je le sais. Porter sa valise ? Quand ils m'ont laissé faire. Leur envoyer des SMS tout le week-end parce que je n'arrête pas de penser à eux ? Non, c'est juste toi.

J'aime à quel point il est ouvert et qu'il ne joue pas à des jeux. Nous savons tous les deux qu'en ce moment, nous ne pouvons pas être plus que des amis, mais il ne semble pas avoir peur de dire clairement qu'il souhaite que les choses soient différentes et que l'offre pour plus soit toujours sur la table si je décide sortir et m'accepter tel que je suis. Je me sens un peu pressé par ça, alors que c'est étrangement libérateur en même temps. Il me confond sans fin, même s'il est assez ouvert sur ce qu'il veut et ressent.

Nous marchons jusqu'à sa voiture qu'il a garée assez loin, mais cela ne me dérange pas qu'il nous faille un certain temps pour y arriver, car son bras reste tout le temps autour de mes épaules. Je pose des questions sur son week-end, qui s'est apparemment déroulé sans incident, et il me pose des questions sur la fête, comment vont mes frères et sœurs, et il veut tout savoir sur ma nièce Thanh. D'habitude, je ne parle pas beaucoup de moi, mais Zeke facilite les choses.

"Voulez-vous conduire?" me demande-t-il quand nous arrivons à sa voiture, mettant ma valise dans le coffre.

"Non," dis-je en frissonnant même s'il ne fait pas si froid.

Zeke me regarde d'un air interrogateur. "Pourquoi avez-vous l'air d'être la question la plus horrible que je puisse vous poser?" Quand je ne dis rien, il fronce les sourcils, puis il réalise. "Tes parents... L'accident de voiture... c'est pour ça que tu ne veux pas conduire?"

Je hoche la tête, toujours sans parler. Je n'ai pas été au volant d'une voiture depuis leur mort il y a sept mois, mais personne ne l'a remarqué jusqu'à présent. J'ai donné ma voiture à Pierre parce que je n'en ai pas besoin ici à l'université, et j'ai pensé que ça n'avait pas de sens que Dshawn dépense de l'argent pour une voiture pour Pierre alors que j'en avais une qu'il pouvait utiliser. Cela signifie que chez moi, un de mes nombreux frères et sœurs vient généralement me chercher à l'aéroport. Aucun d'eux n'a remarqué une seule fois que je n'avais pas conduit depuis l'accident. Aucun de mes amis ne s'en est rendu compte non plus – non pas que j'aie beaucoup d'amis, bien sûr. Et voici Zeke, voyant à travers moi.

"Avez-vous vraiment peur de conduire, ou s'agit-il de mauvais souvenirs?" demande Zeke en démarrant le moteur et en me regardant.

Je regarde par la fenêtre, m'effondrant sur mon siège. "Tous les deux."

"Puis-je demander ce qui s'est passé ?" Zeke demande doucement en sortant du parking. "Je sais qu'ils sont morts dans un accident de voiture, car Nia l'a dit sur le vlog de Khiêm, mais elle n'a donné aucun détail."

Merde. J'espérais qu'il le savait déjà. Je déteste parler de ça, et une partie de moi veut lui dire que je n'ai pas envie de partager, mais il a fait tout le chemin jusqu'ici pour venir me chercher, et il est si gentil... Je ne veux pas l'offenser ou lui faire sentir que je ne lui fais pas confiance ou quoi que ce soit.

« Conducteur ivre », je réponds, en le gardant court et simple. "J'étais derrière le volant."

Zeke inspire brusquement. « Tu conduisais ? »

"Oui." Je dois me forcer à continuer à parler. Ça fait mal physiquement de sortir les mots, et je suis tout en sueur et froid en même temps. "J'étais à la maison pour le week-end et maman m'a convaincu d'aller avec elle à l'épicerie. Nous sommes allés chercher mon père au travail après. Un conducteur ivre a grillé un feu rouge et il nous a percuté.

"Je suis tellement désolé," souffle Zeke, tendant la main pour poser une main sur la mienne. « Avez-vous... je veux dire... »

« Tout est devenu noir », je continue en fermant les yeux et en tournant ma main sous la sienne pour que nous puissions entrelacer nos doigts. « Je ne les ai pas vus mourir, si c'est ce que vous voulez demander. Maman est morte à vue. Papa a été transporté dans une ambulance, mais il n'a pas survécu, évidemment. Je me suis cassé le bras et percé mon poumon. Aucun dommage permanent. Je n'ai pas entendu parler de ce qui leur était arrivé jusqu'à ce que je me réveille dans un lit d'hôpital, me sentant tout groggy après l'opération.

Je peux encore voir la douleur dans les yeux de Dshawn quand il me l'a dit, les larmes coulant sur le visage de Marcus alors qu'il me demandait comment je me sentais, disant à quel point il était content qu'au moins j'aille bien. Leurs mots ne s'enregistraient même pas au début. Tout ce que je ressentais était de l'incrédulité, qui s'est transformée en engourdissement. La prise de conscience qu'ils étaient vraiment partis ne m'a pas frappé jusqu'à l'enterrement, et même alors, j'avais toujours l'impression que tout cela n'était qu'un mauvais rêve. Je me suis concentré sur mes cours, que je pouvais heureusement suivre en ligne, et j'ai étudié pour la finale que je devais encore réussir avant le début des vacances d'été. À travers tout cela, je me sentais engourdi. Je n'ai même pas pleuré jusqu'au service commémoratif, et même alors j'ai réussi à me ressaisir en moins d'une minute.

Je n'ai jamais autant parlé à quelqu'un en dehors de ma famille du jour où c'est arrivé, mais je laisse de côté le plus important de tout. Que j'étais distrait parce que j'avais peur de faire mon coming out.

Que je leur ai dit que j'étais gay, mais que je n'ai jamais entendu la réaction de ma mère. Que je me reproche de ne pas m'être écarté plus vite, d'appuyer plus fort sur les freins, d'être plus attentif à la route. Je sais rationnellement que je n'aurais rien pu faire, que c'est la faute du conducteur ivre, mais... je ne peux pas m'empêcher de sentir que j'ai déclenché la colère de l'univers sur maman et papa quand je leur ai prononcé ces mots, révéler mon secret le mieux gardé. J'aurais peut-être dû me taire.

"Quand ma mère est morte, je me suis blâmé", dit Zeke, me tenant toujours la main pendant qu'il conduisait, les yeux sur la route devant nous.

"Comment est-elle morte?" je demande, reconnaissant pour le changement de sujet.

« Le cancer », répond-il. "Cancer du pancréas."

« Comment cela pourrait-il être de votre faute ? »

Il soupire profondément. « Ce n'est pas le cas, je le sais. Ma mère était une femme adorable, mais aussi un peu hypocondriaque. Quand elle avait mal à la tête, elle se convainquait qu'elle avait une énorme tumeur au cerveau. Si elle se sentait étourdie, elle était certaine qu'elle avait une sorte de maladie tropicale rare qui ne pouvait pas être guérie. Alors, quand elle a commencé à se fatiguer et à perdre l'appétit, je ne l'ai pas prise au sérieux. Le cancer du pancréas est connu comme le tueur silencieux pour une raison. C'est vraiment difficile à diagnostiquer. Quand je l'ai emmenée chez le médecin, ils lui ont dit qu'elle était probablement stressée, et ils lui ont dit de prendre ses vitamines. Il retire ses mains des miennes pour pouvoir saisir le volant à deux mains lors d'un virage serré. « Je n'ai pas fait pression sur le médecin pour qu'il fasse plus de recherches, même si elle était convaincue qu'elle était en train de mourir. Elle était toujours convaincue qu'elle allait mourir,

"Bien sûr que non, comment as-tu pu ?" Je pose ma main sur son genou en guise de soutien.

« Quand ils l'ont finalement diagnostiquée, le cancer s'était déjà propagé à ses ganglions lymphatiques régionaux, ses vaisseaux sanguins, même ses poumons... Le traitement visait uniquement à prolonger sa vie, pas à la sauver, car il n'y avait pas moyen de la sauver à ce moment-là. Elle est décédée deux mois après avoir été diagnostiquée, cinq mois après avoir commencé à se plaindre d'être fatiguée et de perdre du poids à cause de son manque d'appétit. Les médecins m'ont dit que même si je l'avais amenée tout de suite et qu'elle avait été diagnostiquée lors de son premier rendez-vous, elle aurait eu un maximum d'un an, donc ce n'est pas comme si je l'avais tuée ou quoi que ce soit, mais je me sens toujours responsable de raccourcissant sa durée de vie d'au moins six mois. Sa voix est calme et posée, mais je peux encore entendre la douleur dans ses paroles.

"J'étais distrait", j'avoue en m'étouffant un peu. « Je n'avais pas toute mon attention sur la route. J'étais dans ma tête, tu sais ? Mon frère a vu les images de l'intersection, et il jure qu'il était évident que j'ai réagi rapidement et de manière adéquate, mais je ne peux pas m'empêcher de penser que j'aurais pu les sauver, d'une manière ou d'une autre. Pourtant, je ne peux pas admettre à haute voix ce qui s'est réellement passé juste avant l'accident. Je ne suis pas prêt pour ça.

"Je pense que c'est humain de se blâmer", dit Zeke avec un autre gros soupir. « Mais cela ne les ramènera pas. Si c'est une consolation, ça devient plus facile. Ma mère est morte il y a quatre ans, et même si je pense toujours que j'aurais pu faire plus pour elle, je ne suis plus criblée de culpabilité. Je n'ai même pas pu entrer dans un hôpital les premiers mois, mais je peux y être sans avoir envie de vomir maintenant, même si ce ne sera jamais mon endroit préféré au monde ou quoi que ce soit.

Je ne pense pas que je me sentirai différent de ce qui s'est passé dans quatre ans, mais je comprends ce que dit Zeke. Le temps guérit toutes les blessures, ou du moins les fait un peu moins mal, je suppose.

"Au moins, tu as toujours ton père, n'est-ce pas ?" je demande, en espérant que ce sujet détendra un peu l'ambiance.

Zeke laisse échapper un rire sans humour. « Ouais, mon père est toujours en vie, mais je ne lui ai pas parlé depuis que j'ai 17 ans. Je ne sais même pas où il habite. En y repensant, je ne suis même pas sûr qu'il soit encore en vie, mais je suppose qu'un de mes oncles m'aurait prévenu s'il était décédé.

Oh wow. Voilà pour alléger l'ambiance.

"Pourquoi as-tu...?"

"C'est une histoire pour une autre fois", décide Zeke, pour une fois sans tout dévoiler. « Disons simplement qu'il n'a jamais vraiment été un père pour moi, mais ce qu'il a fait quand j'étais adolescente... C'était pire que d'être juste pierreux et absent pendant la majeure partie de mon enfance. Maman a divorcé et m'a sorti de cet environnement toxique, et nous ne lui avons plus jamais parlé.

"Wow," je souffle. "Ça craint." Je ne sais pas quoi dire d'autre, puisqu'il ne veut manifestement pas en parler maintenant.

"Au moins, j'avais encore ma mère", répond-il avec un sourire affectueux. Il devait avoir une très bonne relation avec elle pour avoir l'air si heureux quand il parle d'elle. "C'était vraiment une personne incroyable. Elle a travaillé dur toute sa vie et m'a laissé assez d'argent à sa mort pour ouvrir ma propre salle de sport. C'est pourquoi il s'appelle Maddox Gym. C'était son nom de famille. J'ai aussi changé mon propre nom, juste après sa mort. J'étais Ezekiel Laskaris jusqu'à il y a quatre ans. Je voulais honorer la femme qui m'a appris le bien du mal, au lieu de garder le nom d'un homme qui ne m'a jamais accepté pour ce que j'étais.

Quand Zeke se tait, il me regarde un instant et je peux dire que ça lui fait mal de parler de son père, même s'il y a longtemps qu'il n'est plus dans sa vie. Je soupçonne que leurs retombées ont quelque chose à voir avec le fait que Zeke soit gay, puisqu'il a fait son coming-out à l'âge de 16 ans, et il vient de dire que son père ne l'acceptait pas. Je ne lui en parle pas, respectant qu'il m'ait dit que c'était une histoire pour une autre fois.

« Alors... tu veux dîner avant de rentrer à la maison ? » demande Zeke alors que nous nous rapprochons de plus en plus de notre rue. « Finir cette journée sur une note plus positive ?

« Oui », je réponds tout de suite, soulagée de ne pas avoir à nous séparer de ce lourd nuage suspendu au-dessus de nos têtes. "J'aimerais ça."

"Est ce que tu aimes les sushis?" demande-t-il en passant devant notre pâté de maisons et en se dirigeant dans une direction différente à la place.

"Je ne l'ai jamais eu", je réponds honnêtement. "Je ne suis pas un grand fan de riz."

"Oh s'il vous plaît, puis-je vous présenter le monde merveilleux de la cuisine japonaise?" demande-t-il, excité maintenant. "Je connais ce super endroit qui a les meilleurs sushis de la ville, et ça fait une éternité que je n'y ai pas mangé !"

"Bien sûr," j'acquiesce, désireux de garder ce sourire éclatant sur son visage. "Allez-y, élargissez mes horizons."

Il sourit. « Une de mes nombreuses spécialités. Vous allez adorer, je vous le promets.

Je sais que je le ferai, que j'aime ou non la nourriture. Je mangerais de la terre si cela signifiait passer plus de temps avec lui et le voir de si bonne humeur. C'est tellement mieux que de prendre un taxi ou de prendre le métro pour rentrer à la maison. Rendez-vous ou pas, passer du temps avec Zeke est sans aucun doute ma chose préférée au monde ces jours-ci.

4

Cette nuit ne fait qu'empirer

"**T**u es en pleine forme, tu es prévenant et généreux, et tu sais même cuisiner", commente Zeke, appuyé contre le comptoir de la cuisine. « Qu'est-ce que tu ne peux pas faire ? »

"Il ne supporte pas l'alcool comme moi", répond Devon en entrant dans la cuisine.

J'ai failli m'étouffer avec la bière que je buvais en remuant la sauce pour pâtes. Zeke et moi avons flirté sans cesse tout au long des préparatifs du dîner, alors Devon est entré, nous a entendus... Pas bien. Pas bon du tout.

"Oh wow, c'est sans aucun doute la qualité la plus importante que je recherche chez une personne", lance immédiatement Zeke à Devon. "Alors ce n'est pas toi que j'ai vu vomir dans une ruelle le week-end dernier ?"

Il grogne et roule des yeux. "Non. Pas moi. Je ne sais pas pourquoi vous pensez cela. Je ne vomis pas.

"Hmm. Ça devait être quelqu'un qui vous ressemblait énormément à l'époque », taquina Zeke. « Je pense que je vais prendre la cuisine de Creed plutôt que tes vomissements n'importe quel jour de la semaine. Désolé si cela blesse vos sentiments.

"Tellement !" s'exclame Devon, s'évanouissant dramatiquement. "Je ne sais pas si je me remettrai un jour de ce coup."

Sam entre, attrapant une bière dans le frigo. « Qui as-tu soufflé ? »

"Ce n'est pas ce que j'étais-" Devon abandonne, levant les mains. « Cela ne sert à rien de parler à l'un d'entre vous. Je serai dans le salon, à mourir de faim, parce que le dîner prend beaucoup trop de temps. Je peux cuisiner en dix minutes, top.

"Non, vous pouvez réchauffer du chili dans une boîte en dix minutes", se moque Sam. « Ça avait un goût de merde, au fait. Creed fait des pâtes à partir de zéro. Vous ne pouvez pas battre ça. Que faites-vous aujourd'hui, mon chef primé ? Encore Puttanesca ?

« Tagliatelle al salmone », je réponds en m'assurant que la nourriture ne brûle pas. "Ce sera prêt dans cinq minutes."

J'ai toujours peur que Devon me rattrape, moi et Zeke, et je ne me détends pas tant qu'il n'est pas sorti de la cuisine et de retour dans le salon. Zeke me serre l'épaule pour me rassurer que tout va bien, mais je me raidis et il soupire en laissant tomber sa main. Ce n'est pas que je ne veux pas qu'il me tienne la main, mais je ne veux pas que quiconque se rende compte que nous sommes plus que de simples amis. Pas que nous le soyons, mais nous en quelque sorte... je ne sais pas. Je ne veux pas m'en sortir accidentellement. Peut-être que lui demander de se joindre à nous pour le dîner était une erreur.

« Détendez-vous », m'ordonne Sam en me lançant un regard pointu. « Nous dînons avec deux connards égocentriques et quelqu'un qui récite des cours dans sa tête pendant que nous mangeons. Tout le monde n'est pas aussi perspicace que moi, Creed.

Je lève les yeux au ciel, mais je parviens à me détendre un peu. "Désolé," dis-je à Zeke, sachant que c'est exactement pourquoi il ne sortira pas avec moi. Il ne m'a pas encore raconté toute l'histoire de son père, ni ce qui s'est passé la fois où il est sorti avec quelqu'un qui n'était pas encore sorti, mais je n'ai pas encore mérité ces histoires, je suppose. Si je continue à me figer autour de moi au lieu d'être ouverte comme je souhaiterais être avec lui, pourquoi me confierait-il son passé ?

"Tout va bien", m'assure Zeke, mais je peux voir dans ses yeux que ce n'est pas le cas. De petites réactions comme celle-ci le blessent, même s'il prétend que nous ne sommes que des amis et que ce n'est pas grave que je ne veuille pas qu'il me touche quand nous sommes avec d'autres personnes.

Le dîner est prêt, et je mets les pâtes dans des bols pour qu'on puisse facilement manger devant la télé. Sam et Zeke m'aident à transporter toute la nourriture et les boissons dans le salon, où nous nous installons tous sur le canapé. Il n'y a de la place que pour quatre, alors je me retrouve assis par terre, avec Zeke derrière moi. Je fais attention à ne pas m'appuyer contre ses jambes, sachant que je lui fais encore mal en gardant une distance de sécurité entre nous, mais je ne peux pas m'en empêcher. C'est tout ce que je peux lui donner pour l'instant.

"Merde, c'est bon", commente Lee, la bouche déjà pleine de pâtes. "S'il vous plaît, dites-moi qu'il y en a plus."

"Toute une casserole pleine sur la cuisinière", je lui assure, contente qu'au moins ma cuisine soit à point. Je ne pensais pas que j'aimerais autant cuisiner. C'est un nouveau passe-temps, je suppose.

Je ne me souviens même pas d'avoir eu des passe-temps avant cette année... À part pratiquer des sports d'équipe au lycée et aller au gymnase tous les jours depuis l'obtention de mon diplôme, je ne pense pas avoir jamais vraiment eu de passe-temps favori. Cher Dieu, je me rends si triste parfois. Ce n'est pas normal, n'est-ce pas ? Ne pas avoir de choses dans ta vie que tu aimes faire ? Ai-je vraiment passé tout mon temps ces dernières années à étudier, à m'entraîner ou à sortir avec des filles ?

"Qu'est-ce qu'on regarde ?" demande Kaito, attrapant la télécommande pendant qu'il s'installe dans les coussins du canapé. "Comédie ? La tragédie ? Documentaire ? Des sports ?"

"Pas de sport", décide tout de suite Sam. « Je déteste regarder les gens s'entraîner quand je mange. Je me sens paresseux et gros.

"Seulement parce que tu l'es", répond immédiatement Devon en lui faisant un clin d'œil.

"Ferme ta gueule," marmonne-t-elle en lui jetant un oreiller sur la tête.

Kaito fait défiler Netflix. "Ooh, celui-ci", dit-il, en choisissant celui qui s'appelle The Prom. "J'ai une étrange obsession pour Meryl Streep - ne me jugez pas - et je n'ai pas encore vu celle-ci."

"De quoi ça parle?" Lee demande, fronçant les sourcils à la couverture qui clignote sur le téléviseur. "Il a l'air gay."

Est-ce qu'il vient vraiment de dire ça ?

"Qu'y a-t-il de mal à être gay ?" Sam lui demande d'un ton dangereux, le regardant depuis son siège par terre aux pieds de Devon. Elle s'appuie nonchalamment contre ses jambes comme j'aimerais pouvoir le faire avec Zeke. "Avez-vous quelque chose contre moi, Lee?"

"Non, mais ça ressemble à une comédie musicale, et ça ne me plaît pas", se plaint Lee.

"Creed cuit, alors il doit décider", dit Devon, clôturant l'affaire. « Qu'en penses-tu, Credo ? »

Je lève les yeux vers les autres en haussant les épaules. "Quelqu'un a-t-il déjà vu celui-ci?"

"Euh... j'ai", me dit Zeke, sur le point de prendre une bouchée de ses pâtes. "C'est euh... c'est une comédie musicale basée sur une comédie musicale de Broadway, et il s'agit d'un groupe de célébrités essayant de faire croire aux gens qu'ils ne sont pas simplement des narcistes échoués par euh... en essayant d'aider une fille gay pour qu'elle puisse partir au bal. La PTA a annulé le bal de promo de son lycée parce qu'ils n'ont pas le droit de l'expulser parce qu'elle est gay, mais ils ne veulent pas qu'elle amène sa petite amie au bal de promo.

Oh merde.

"Désolé, Sam, mais ça a l'air gay comme de la merde", se plaint Lee, se levant pour se procurer une deuxième portion de pâtes dans la cuisine. "Si nous regardons ça, je pars à la seconde où j'ai réussi à manger toutes les pâtes."

« S'il vous plaît, Credo ? » demande Kaito en faisant la moue.
Jamais dans un million d'années je ne m'attendrais à ce que Kaito
sérieux et studieux me supplie de choisir un film musical sur une fille
gay.

"Je ne pense pas que tu vas aimer ça", me dit Zeke, l'air un peu
incertain maintenant.

« Mets-le », je grogne. Je pense que Zeke pense que je ne peux
pas supporter de regarder un film sur un enfant gay qui fait face à
l'adversité. Eh bien, je vais lui montrer. Je ne suis pas une cause
totalement perdue. C'est ma façon de lui tendre la main et de m'excuser
d'avoir gelé plus tôt.

"Oui!" Kaito applaudit en l'allumant.

Quinze minutes après le début du film, je regrette de ne pas avoir
opté pour un film d'action à la place. C'est un festival de paillettes
infesté d'arc-en-ciel rempli de personnages trop enthousiastes criant
qu'ils sont gays depuis les putains de toits. C'est bourré de stéréotypes
en tous genres, et je n'aime pas du tout ça.

"C'est affreux", grogne Lee, écrasant son troisième bol de pâtes. «
Et totalement irréaliste. C'est l'Amérique, pour avoir crié à haute voix.
Je ne crois pas une seconde que les gens soient si homophobes qu'ils
préfèrent annuler tout un bal plutôt que de permettre à une fille d'y
assister avec une autre fille.

"Détrompez-vous", répond Sam, l'air en colère. "Une fois, on m'a
demandé de quitter un restaurant pour avoir tenu la main de mon
rendez-vous."

"Mon cousin a été poussé dans son casier une fois, et ils ne l'ont
laissé sortir que trois heures plus tard, simplement parce que certains
sportifs l'ont offensé en embrassant son petit ami", confirme Devon
avec Sam. "L'ignorance et la haine sont réelles, mec."

Lee roule des yeux. "Ouais, ouais, je sais. Toujours pas dans ce film
de filles, cependant.

"J'aime ça", dit Kaito avec un grand sourire. "Mais encore une fois, j'ai regardé Mama Mia quinze fois, alors... ouais."

Devon rit à cela, levant sa bière à Kaito. "Tout ce qui flotte sur votre bateau, mec."

Sam se lève pour prendre le tiramisu que nous avons fait hier, et tout le monde se tait à nouveau, profitant du dessert. Nous regardons le film, qui est tout aussi mauvais que Lee l'a dit. Je déteste absolument les films comme ceux-ci, où les acteurs continuent de chanter sans raison valable, et l'intrigue est bien trop simple pour durer deux heures entières. Pourtant, quelque chose à ce sujet résonne en moi, je suppose. C'est l'histoire d'une fille assez courageuse pour faire son coming-out dans le monde entier, même si ses propres parents l'ont mise à la porte quand elle leur a dit qu'elle était gay. Sa petite amie a trop peur pour admettre qu'elles sont secrètement ensemble depuis un an et demi déjà, laissant la pauvre personnage principal Emma complètement navrée. Je sais qu'il y aura éventuellement une fin heureuse - c'est ce genre de film, après tout - mais en ce moment, c'est un peu triste,

"Ce tiramisu était le meilleur que j'ai jamais eu", dit Zeke au-dessus de moi, me faisant lever les yeux vers lui. Il lèche sa cuillère des derniers restes de son dessert, et je n'ai jamais voulu l'embrasser plus que je ne le fais en ce moment.

Au lieu de cela, je mets le reste de mon dessert sur ma cuillère et le lui tends. « Mange, lui dis-je en haussant les sourcils. "Tu sais que tu le veux..."

"Bon sang, c'est vrai", acquiesce-t-il en se penchant en avant et en ouvrant la bouche pour que je puisse le nourrir.

À ma grande surprise, aucun de mes amis ne nous regarde lorsque je remets ma cuillère dans mon bol et que je la pose sur la table basse. Lee est au téléphone, jouant à un jeu, Kaito est absorbé par le film et Devon chuchote quelque chose à l'oreille de Sam, qui rit si fort qu'elle renifle. Bon, si personne n'y prête attention...

Enfin, je m'appuie contre les jambes de Zeke, détendant mes muscles tendus et me mettant à l'aise tout en continuant à regarder l'écran de télévision. Zeke serre mon épaule, retirant sa main seulement une seconde plus tard, comprenant que pendant que je tends la main, il ne peut pas s'attendre à ce que je sorte soudainement. Il n'obtiendra pas plus que ça de moi ce soir, mais c'est quelque chose, n'est-ce pas ?

"Thérapie?" Lee demande quand James Corden, qui joue Barry, parle de la façon dont ses parents voulaient l'emmener en thérapie pour changer complètement qui il était en réponse à son coming-out. "Qu'est-ce que la thérapie a à voir avec ça?"

« Thérapie de conversion », explique Zeke, la voix tendue. "Cela guérit soi-disant l'homosexualité."

"Ce n'est pas une chose", dit Lee avec désinvolture, se retournant vers son téléphone. « Peut-être dans les cercles religieux ou quelque chose comme ça, mais pas dans la vie normale. Jamais entendu parler."

Je peux sentir Zeke se tendre derrière moi. « Oh, fais-moi confiance », mord-il, ne ressemblant plus à son moi facile à vivre. « C'est très réel. Et c'est légal dans la plupart des États, en fait. Même dans les États et les pays où il a été interdit, il existe toujours, sous terre. Ils appellent ça un camp d'été, une étude biblique... Ils vous répètent encore et encore qu'être gay est un choix de vie, pas quelque chose que vous êtes. On vous dit de prier pour que les homosexuels s'en aillent. C'est juste si vous avez de la chance. Les endroits les plus durs ont des abus physiques, des thérapies de choc... Avez-vous une idée du nombre d'adolescents qui sont envoyés dans des endroits comme ça chaque année ? Combien d'entre eux tentent de se suicider ? Ce n'est pas parce que vous n'avez jamais vécu quelque chose que cela n'existe pas. Et pas seulement dans une ville hick dans un film exagéré. Prenez-le de quelqu'un qui est en fait gay – parfois, ça craint putain.

Lee semble surpris maintenant, regardant Zeke au lieu de son téléphone. Plus personne ne s'intéresse au film, où les acteurs chantent à nouveau une chanson terriblement énergique. Comme je l'ai dit, ce n'est pas mon genre de film.

"Désolé," dit Lee maladroitement. "Je ne savais même pas que tu étais gay."

"Eh bien, maintenant vous savez", répond Zeke, se levant du canapé et entrant dans la cuisine avec la vaisselle sale.

"Comment peux-tu ne pas savoir qu'il est gay ?" Devon dit à Lee, le frappant à l'arrière de la tête. "Qu'est-ce qui ne va pas avec toi ?"

"Je ne savais pas non plus," admet Kaito, regardant dans la direction de la cuisine. « Tu penses qu'il va bien ? Toute cette histoire de thérapie... Tu penses que ses parents l'ont poussé à partir ou quoi ?

Je saute sur mes pieds et me précipite après Zeke, fermant fermement la porte de la cuisine derrière moi pour que nous puissions avoir un peu d'intimité. Il récure furieusement la vaisselle, sans même lever les yeux quand il m'entend m'approcher de lui. Je n'ai même pas de mots en ce moment. Je suis là, en train de faire tout ce qu'il faut pour ne pas vouloir faire son coming out, ne pas vouloir être gay, et le voilà, putain de fort même si ses propres parents voulaient le guérir de quelque chose qui n'est évidemment pas une maladie. Peu importe ce que je ressens à l'idée d'être moi-même gay, je sais pertinemment que rien à propos de Zeke n'a besoin d'être guéri. Absolument rien.

Zeke se raidit quand je mets mes bras autour de lui par derrière et que je lui prends les assiettes des mains. Je ferme le robinet et dépose un baiser dans sa nuque. Il soupire et se détend en moi, essuyant ses mains sur le torchon.

"Je ne voulais pas faire de scène," grogne-t-il, semblant déçu de lui-même.

"Lancez toutes les putains de scènes que vous voulez," je murmure, le tenant toujours fermement.

"Tu devrais me lâcher." Zeke s'écarte un peu pour pouvoir se retourner dans mes bras en me faisant un sourire ironique. "Quelqu'un pourrait entrer après tout."

Je ne suis pas prêt à ce que quiconque découvre ce que nous faisons, que j'aime les hommes, à propos de tout le bordel avec mes parents qui m'empêche de montrer mes vraies couleurs, mais ce n'est pas à propos de moi tout de suite. C'est à propos de Zeke. Au lieu de m'éloigner, je l'embrasse, doucement et lentement. Il prend mon visage entre ses mains et m'embrasse en retour, Dieu merci.

"Je suis vraiment content qu'ils ne t'aient pas guéri," je murmure quand nous nous séparons, posant mon front contre le sien. "Je pense que tu es parfait comme tu es."

Zeke sourit, n'ayant plus l'air si triste. "Merci. Droit de retour à vous. Avec un profond soupir, il s'éloigne de moi, rompant tout contact. « Autant que je t'apprécie, Creed... nous ne pouvons pas continuer à faire ça. Mon passé est exactement la raison pour laquelle je ne sors pas avec des gars comme toi. Il m'a fallu beaucoup de thérapie et de temps pour m'accepter tel que je suis, grâce à ce cher vieux papa et à lui qui m'a envoyé dans un putain de camp d'été. Je suis sortie avec un type enfermé il y a quelques années, et la honte, la dissimulation... Je ne veux pas ça. Je me suis battu pour être fier et fier, et je ne vais pas abandonner ça. Pas même pour toi.

"Ouais," je respire, me sentant comme un connard. « Je comprends. Je le fais."

"Et je comprends qu'il peut être difficile d'accepter qui vous êtes", dit-il en me lançant un regard gentil rempli de compréhension. "Comme je te l'ai déjà dit, je comprends. Je ne sais pas pourquoi tu te bats si fort, mais je sais ce que ça fait de vouloir désespérément être différent. Je ne te pousserai pas à sortir, mais je ne peux pas non plus faire ça... » Il fait un geste entre nous. "C'est un rendez-vous, Creed. Les textos, moi venant te chercher à l'aéroport, rencontrant tes amis, venant dîner, racontant des histoires sur nous-mêmes que nous ne partageons normalement avec personne, nous embrassant dans la cuisine... C'est sortir ensemble, et aussi incroyable que ces derniers jours ont été, je ne peux pas me refaire ça. Je ne le ferai pas.

Il a raison. Bien sûr, il a raison. C'est ce qu'il m'a dit le premier jour où nous nous sommes embrassés, mais je suppose que nous espérions tous les deux que si nous ignorions toutes les raisons pour lesquelles nous ne devrions pas faire cela, nous pourrions prétendre que nos conversations sont purement amicales. Que nous ne flirtons pas, ne sortons pas ensemble, n'essayons pas de voir ce qui pourrait être.

Je le veux, vraiment, mais je ne suis pas prêt, et je ne sais pas si je le serai un jour. C'est un pas en avant, deux pas en arrière avec moi, tout le temps putain. Je ne sais même plus dans quelle direction aller et dans quelle direction revenir. Zeke mérite mieux.

"Pouvons-nous encore être amis ?" je demande, priant pour ne pas avoir à le perdre complètement.

"On peut essayer", acquiesce-t-il. « J'ai besoin d'espace, cependant. Tu es un gars facile à aimer, Creed. Bien trop facile. Et j'ai peut-être l'air sûr de moi, à l'aise dans ma peau, et tout mature et merde – du moins, j'espère que c'est comme ça que tu me vois – mais au final, je suis aussi juste un mec, tu sais ? Avec un cœur qui peut se briser assez facilement.

"D'accord, l'espace", je suis d'accord, voulant en dire tellement plus, mais incapable de trouver les mots justes. Je ne sais pas ce que je fais ici. Je ne sais vraiment pas. Tout ce que je sais, c'est que si faire cette danse bizarre avec moi lui fait du mal, on devrait l'arrêter.

« Je pense que je devrais rentrer chez moi », décide-t-il. "Je te verrai demain."

Non, ne pars pas...

"A demain," je réponds maladroitement.

Et juste comme ça, je suis seul dans la cuisine, me sentant complètement et totalement perdu. Heureusement pour moi, je ne suis plus seul. J'ai des amis maintenant. Sam entre, et elle me tend une bière – Dieu merci, elle ne me prend pas dans ses bras, je ne suis pas d'humeur pour ça.

« Il reviendra », me dit-elle, même si elle ne sait même pas ce qui vient de se passer.

"Non", je ne suis pas d'accord, avalant de la bière comme si cela me ferait me sentir mieux. "Non, je ne pense pas, Sam."

Elle me lance un regard exaspéré. "Bien sûr qu'il le sera. Oh, et je pense que Devon est au courant pour toi et Zeke. Je sais que ce n'est peut-être pas le moment de vous le dire, mais... eh bien, j'ai pensé que vous devriez le savoir. Lee voulait entrer dans la cuisine et s'excuser auprès de Zeke, mais Devon l'a obligé à rester sur place. Quelque chose dans la façon dont il l'a dit... Je pense qu'il soupçonne, à tout le moins.

Merde. Cette nuit ne fait qu'empirer, n'est-ce pas ?

5

Un pas après l'autre

S i je ne fais rien bientôt, je vais le perdre. D'une certaine manière, cette pensée me fait plus peur en ce moment que l'idée de faire mon coming-out à qui que ce soit. Zeke me regarde à peine. Il est poli, et il ne dit ni ne fait rien pour que je me sente mal, mais je me sens toujours vraiment horrible.

Je veux savoir ce qui lui est arrivé quand il était adolescent. Je veux lui poser des questions sur ses parents, la thérapie de conversion, ses relations antérieures... Je veux tout savoir. Je veux le connaître. Si seulement c'était aussi simple.

Je fais encore des cauchemars, chaque nuit maintenant. La phrase de ma mère se termine différemment à chaque fois, mais la sensation à laquelle je me réveille est toujours la même. Peur. Effroi complet et absolu.

Cela fait deux semaines que Zeke est sorti de la cuisine, et je ne le vois qu'à la salle de gym ces jours-ci. J'ai essayé de lui envoyer un texto, mais je n'ai reçu que des réponses en un mot. De plus, il m'a donné de l'espace quand j'en avais besoin. Si l'espace est ce dont il a besoin maintenant, je devrais le lui donner.

Ou alors...

Ou je pourrais sortir. Sam pense que je devrais juste entrer dans la salle de gym et l'embrasser, mais je ne pense pas pouvoir le faire. Après ce qui s'est passé avec mes parents, ça me fout la trouille d'en parler à mes frères et sœurs. Ce n'est pas que je pense que ce sont des connards intolérants, pas du tout, mais c'est tout ce que j'ai, et on ne sait jamais comment les gens réagiront à une confession comme celle-là. Je ne sais même pas ce que maman et papa ont pensé de ma sexualité. De plus, quand je sortirai, je devrai aussi dire la vérité sur les dernières minutes de leur vie. Comme j'étais distrait. Que si je n'avais pas été dans ma tête, j'aurais peut-être pu les sauver.

"Creed, tu ne penses pas sérieusement-"

Qu'est-ce que maman allait dire ? A-t-elle été déçue ? En colère? Consterné ? Je ne le saurais jamais.

Vendredi soir, je traîne sur le canapé avec Devon, je bois de la bière et je regarde un film d'action auquel j'ai cessé de prêter attention à la seconde où il a commencé. Je continue de faire défiler les messages sur mon téléphone, relisant chaque texto entre moi et Zeke, sans savoir pourquoi je me torture comme ça. Sam est sortie avec un nouvel ami à elle, et elle m'a demandé de sortir avec eux, mais elle retourne au bar gay, et je... je ne peux pas. Pas maintenant. Surtout sans savoir que Zeke est probablement là, comme il l'est tous les vendredis soirs.

"D'accord, ça suffit", dit Devon en éteignant la télé. « Je sais que tu es un gars calme, mais ça devient ridicule. Tu n'as pas dit un mot de toute la putain de nuit. Putain, qu'est-ce qui se passe avec toi ? »

« Rien », je mens en tapant une réponse à un texto que Pierre vient de m'envoyer.

Devon attrape mon téléphone des mains et le jette sur la table basse. "Connerie. C'est moi, Credo. Je sais que je ne suis pas ton meilleur ami Sam ou quoi que ce soit, mais tu sais que tu peux me parler, n'est-ce pas ? »

Pouah. Parlez. Pourquoi tout le monde veut toujours parler de tout ?

"Credo", insiste Devon. "Je pense que vous savez déjà que je sais, alors crachez-le."

Merde. Je suppose que Sam avait raison de dire qu'il avait compris ce qui s'était passé ces derniers mois depuis que j'avais emménagé dans la maison et commencé lentement à m'ouvrir aux gens pour la première fois de ma vie. S'il le sait vraiment déjà... alors peut-être que ce ne sera pas si difficile de le dire.

« Je suis gay », réussis-je à étouffer.

"Oh vraiment?" Devon feint le choc. "Je ne l'aurais jamais deviné. Ne me dis pas... tu m'aimes, n'est-ce pas ? J'ai eu cette vibration de ta part dernièrement que tu veux totalement me sucer la bite. Je savais que j'avais raison. Eh bien... allez-y. Il fait un geste vers son entrejambe.

Je ris, reconnaissante qu'il n'en fasse pas tout un plat. "Non merci."

"D'accord, alors... pourquoi es-tu ici avec moi sur le canapé en train de regarder un film stupide alors que tu pourrais être au lit avec ton petit ami ?" Devon me fait un clin d'œil. "Je l'aime. Pas de manière gay ou quoi que ce soit, mais il est gentil.

"Ouais, il l'est," je suis d'accord. "Mais ce n'est pas mon petit ami."

"Mec, tu devrais t'y mettre." Il secoue la tête vers moi. « Il est en toi, tu es en lui. J'aimerais que les choses soient aussi simples pour tout le monde. Enlève ton cul désolé de ce canapé, arrête de t'apitoyer sur ton sort et va le voir.

« Ce n'est pas si facile », j'insiste, mais je dois admettre que cela ne ressemble pas à un mauvais plan. Pas du tout.

"Seulement ça l'est", insiste-t-il. "Écoutez, si je dois me taire et remettre le film, dites le mot. Je suis parfaitement heureux de traîner ici toute la nuit, de prétendre que tu n'es pas gay et de te languir de Zeke, de boire de la bière et de continuer ce déni que tu fais depuis que je te connais. Mais je ne pense pas que nous devrions faire cela. Je pense que nous devrions nous lever, mettre nos chaussures et aller au bar.

"Quelqu'un a dit bar?" demande Lee, entrant au moment le plus horrible de tous les temps. Excellent moment. « Kaïto ! » crie-t-il par-dessus son épaule. « Nous allons au bar ! Tu viens ou quoi ?

"Oui!" Kaito répond, sortant de sa chambre avec l'air d'avoir été enfermé là-dedans pendant des heures. Ce qu'il a été, pensez-y. « J'en ai tellement fini d'étudier. C'est vendredi soir. Je ai besoin d'un verre."

Devon me regarde avec des yeux scrutateurs. "Votre appel, Creed. Dans quel bar allons-nous ?

"Qu'est-ce que tu veux dire, quelle barre ?" Lee demande avec un grognement. « Celui d'en face, c'est ça ? Avec la barmaid sexy ? »

"Credo ?" Devon demande à nouveau. "Qu'est-ce que ça va être ?"

Ah merde, pourquoi pas ?

"D'accord", je décide, en espérant que si je fais semblant d'être confiant, je commencerai à le ressentir assez tôt. "Allons-y. Pas au bar de l'autre côté de la rue, cependant.

Lee soupire. "Amende..."

"Je m'en fous, tant qu'ils ont de la bière," dit Kaito, attrapant déjà ses chaussures dans le couloir.

"C'est un bar gay, pas un couvent," dit Devon, prenant soin d'informer les gars où nous allons. Dieu, je l'aime en ce moment. "Je suis sûr qu'ils ont beaucoup d'alcool."

"Oh non, pas encore le bar gay", gémit Lee. "Sam m'a déjà traîné avec elle la nuit dernière. Je veux marquer une chatte. Regarder des filles s'embrasser est chaud et tout, mais si aucune d'entre elles ne veut rentrer à la maison avec moi, à quoi bon ?"

"Le fait est que..." Je m'interromps en prenant une profonde inspiration. « Le fait est que je veux parler à Zeke. À propos de... trucs.

"D'accord, appelle-le alors", me dit Lee en roulant des yeux.

"Mec," dit Kaito, donnant un coup de coude à Lee. « Ferme ta gueule. Je pense que Creed vient à nous.

« Vous saviez depuis le début ? Je demande. Pourquoi tout le monde semble-t-il toujours savoir bien avant que je ne me décide à le leur dire ?

Kaito hausse les épaules. "Je soupçonnais, oui, après cette nuit-là que Zeke était venu dîner."

« Tu es gay ? » demande Lee, les yeux écarquillés. "Ah putain, je suis un tel connard. Bien, c'est un bar gay.

Devon rit bruyamment. «Eh bien, cela aurait pu être le coming out le plus anti-climatique de tous les temps. Je parie que tu pensais que ce serait beaucoup plus difficile.

Il a tout à fait raison. Je pensais que ce serait beaucoup plus difficile. Je ne suis pas encore prêt à faire mon coming out à ma famille, mais j'espère que cela suffira à Zeke. Sortir avec mes amis est très important pour moi. Bien que je ne sois même pas sûr que cela compte techniquement comme une sortie puisque Kaito et Devon le savaient déjà, et Kaito était celui qui le disait à Lee.

Merde, je dis que ça compte.

« C'est l'heure d'y aller », dit Devon en ouvrant la porte d'entrée et en me poussant dans la rue. « Allons récupérer Creed son homme, d'accord ?

L'ENDROIT EST BONDÉ de monde, donc je ne repère pas Zeke ni Sam tout de suite. Devon nous attrape tous des bières et donne un coup de coude à Lee, qui est un sale type en regardant deux filles qui s'embrassent près de nous. Kaito se fait draguer par le gars aux cheveux bleus que j'ai vu avec Zeke la dernière fois que j'étais ici, et il a l'air plutôt flatté par l'attention.

Au bout d'un moment, je vois quelqu'un sortir et je reconnais tout de suite ses larges épaules.

"Bonne chance!" Devon m'appelle quand je me fraye un chemin à travers la foule pour sortir.

Zeke regarde par-dessus son épaule quand il entend la porte du bar s'ouvrir et se fermer. Ses yeux s'écarquillent quand il me voit, un sourire surpris tirant sur ses lèvres. "Credo?" demande-t-il comme s'il y avait encore une possibilité que je sois quelqu'un d'autre.

"Hey," dis-je faiblement, ne me sentant plus aussi courageux. « Je euh... » Bon, on y va. "Écoutez, je sais que ce n'est pas assez, et je ne suis pas encore prêt à le dire à ma famille, pour des raisons que je ne veux vraiment pas aborder en ce moment, mais je viens juste de sortir avec mes colocataires, et ils sont à l'intérieur , enracinement pour nous. Donc... Je veux dire, je sais que tu as dit que tu as besoin d'espace, et je peux reculer si c'est ce dont tu as besoin, mais au cas où tu te poserais la question... Je ne veux pas d'espace. Pas même un peu." Cher Dieu, je divague. "Je veux juste... eh bien, toi."

Zeke a l'air de ne pas en croire ses deux oreilles. "Tu es sorti avec tes colocataires ?"

« Ouais », je réponds en faisant un pas vers lui.

"Pour moi?" demande-t-il, un petit froncement de sourcils apparaissant maintenant.

Je secoue la tête. "Non. Pour moi."

Enfin, il sourit vraiment, et il ferme l'espace entre nous, prenant mon visage dans ses grandes mains fortes. "Dans ce cas..."

Et puis on s'embrasse. En plein air, au milieu de la rue, nous nous bécotons complètement. Ce n'est vraiment pas ce à quoi je m'attendais ce soir, mais c'est tellement mieux que tout ce que j'aurais pu imaginer moi-même.

« Oui ! Allez Creed !" La voix de Devon résonne derrière moi et je souris contre les lèvres de Zeke.

"Oh mon Dieu!" s'exclame Sam, et nous nous séparons pour la regarder. « Qu'est-ce que c'est, mec ! Je ne suis pas à la maison pour une nuit, et tu es soudainement absent ? »

Le bras de Zeke passe autour de mes épaules et je m'appuie contre lui, me sentant plus heureuse que je ne l'ai été depuis longtemps. Je ne sais pas encore ce que cela signifie, d'autant plus que je ne prévois pas d'être ailleurs qu'ici, dans ma ville universitaire, mais peut-être que cela suffira à Zeke pour le moment. J'espère bien que ce sera le cas.

Sam se précipite pour nous serrer dans ses bras, couinant comme un petit enfant. "Je suis tellement heureux!"

"Toi et moi tous les deux", répond Zeke.

"Est-ce que vous rentrez à l'intérieur ?" demande Devon en rouvrant la porte du bar. « Il fait bien trop froid pour rester ici au milieu de cette foutue nuit. À moins que quelqu'un n'ait l'intention de me réchauffer ? » Il donne à Sam un coup de pouce taquin.

Elle roule des yeux. "Tu souhaites."

Zeke se tourne vers moi en me lançant un regard interrogateur. "Quel est le plan?"

"Votre place?" Je réponds sans même y penser.

"Merde, il y va vraiment, n'est-ce pas ?" dit Devon en riant. "D'accord, c'est notre signal, Sam. Rentrons et laissons ces deux tourtereaux tranquilles, d'accord ? »

Je les vois à peine entrer à nouveau, toute mon attention sur Zeke. "Je sais que ce n'est pas assez, mais je veux vraiment-"

Zeke m'interrompt d'un baiser. « Je n'ai pas besoin du monde en une seule nuit, Creed. Un pas après l'autre."

"Alors..." Je me sens plus audacieux maintenant, content que pour le moment au moins, cela lui suffise. "Votre place?"

"Ouais," répond-il, attrapant ma main et me tirant de l'autre côté de la rue avec lui. "Ma place."

6

Ezekiel Maddox dépasse toutes les attentes

Nous sommes déjà en train de nous embrasser et de nous déshabiller avant même d'être dans son salon, nos chemises finissant sur les escaliers raides qui mènent à sa porte d'entrée. Je peux dire en toute sécurité que ça n'a jamais été ressenti comme ça avec les filles. Pensez-y... même pas avec Nolan. J'étais si jeune à l'époque, bien plus inexpérimentée que je ne le suis maintenant, et si loin dans le placard au point que je n'étais même pas sûre que la porte n'avait pas été clouée.

Zeke grogne quand je le pousse contre le mur de son salon et attaque presque son cou avec des baisers torrides, mordillant et léchant sa peau. Je ne sais même pas ce que je fous en ce moment, mais mon instinct prend le dessus comme d'habitude quand je suis sur le point d'avoir des relations sexuelles. Comme sa chemise est déjà enlevée, mes mains sont libres de se promener sur son torse musclé jusqu'à ce que j'atteigne sa fermeture éclair.

"Êtes-vous sûr?" Zeke gémit quand je le baisse et que je fourre ma main dans son pantalon, frottant son érection à travers son caleçon.

"Oui," je grogne, tellement excitée que j'ai du mal à penser, encore moins à parler. Je me rends compte que je devrais probablement lui demander la même chose. "Vous?"

"Dieu oui", répond immédiatement Zeke, m'attirant pour un autre baiser.

C'est un embrasseur phénoménal, il l'est vraiment, mais en ce moment, je préfère mettre ma bouche au travail ailleurs. J'ai fantasmé sur le fait de pouvoir le sucer à nouveau depuis la dernière fois. Une partie de moi se demande s'il est normal que je ne sois pas anxieuse en ce moment, ne m'inquiétant pas de ce qui va où ou comment les choses fonctionnent, même si je n'ai jamais vraiment été avec un homme. Pas comme ça. Je me débarrasse de cette pensée et me concentre à nouveau sur Zeke. Ce n'est pas comme si j'étais nouveau dans le sexe, bien que mes expériences précédentes aient été avec des femmes, et je veux dire... c'est Zeke. Même si j'avais été avec un million d'hommes avant lui, ce serait toujours spécial, époustouflant et complètement différent de tout le reste, uniquement parce que c'est lui.

Zeke s'appuie lourdement contre le mur quand je tombe à genoux et que je baisse son pantalon et son caleçon. Sa bite dégouline déjà de liquide pré-éjaculatoire et je la lèche en le regardant, impatiente de voir sa réaction.

"J'ai l'impression que je devrais être..." Il gémit quand j'enroule mes lèvres autour de lui et que je le prends lentement dans ma bouche. "Putain... Creed, tu ne penses pas que je devrais..."

Je recule, même si je n'en ai pas trop envie. Je le distrait de ce qu'il essaie de dire, et je détesterais faire quelque chose qu'il ne veut pas que je fasse. Bien que je pense qu'il est sûr de dire qu'il veut que je le fasse. Tout à fait, à en juger par l'expression de son visage.

"Quoi?" je demande, enlevant ses chaussures pendant qu'il reprend son souffle pour que je puisse l'aider à sortir de son pantalon. Comme la dernière fois, il est complètement nu alors que je porte encore mon pantalon.

« Tu es novice en la matière », me rappelle-t-il, ses mains tremblant alors qu'il touche mes cheveux courts, son toucher doux et presque hésitant. "Je ne suis pas. J'ai l'impression que je devrais... je ne sais pas... »

"Est-ce que ça fait du bien?" je demande en passant ma langue sur toute la longueur de sa hampe. Je n'ai peut-être jamais fait ça avec quelqu'un d'autre auparavant, mais je suis un homme. J'ai une bite dure et douloureuse entre mes jambes, tout comme lui. J'ai eu de nombreuses pipes au fil des ans, et je sais ce que j'aime. Il ne faut pas être un génie pour comprendre comment faire cela, je suppose.

"Oui," gémit Zeke, ses yeux passant de mon visage à ma main jouant avec ses couilles.

C'est tout ce dont j'ai besoin pour revenir à ce que je faisais, le sucer dans ma bouche avec impatience et faire rouler ma langue sur lui pendant que je commençais lentement à bouger. Il pose une main à l'arrière de ma tête, l'autre aplatie contre le mur derrière lui comme s'il avait peur de s'évanouir ou de tomber s'il ne s'enfonçait pas. Je gémis rien qu'en le goûtant et en voyant le regard ravi sur son visage. Je peux dire d'après le changement dans son expression qu'il aime la sensation et le son de mes gémissements autour de lui, alors je recommence, plus fort maintenant.

"Fuuuuck," gémit Zeke, appliquant plus de pression à l'arrière de ma tête.

Je ralentis, ne voulant pas le faire venir trop tôt. Une partie de moi est impatiente de le sentir exploser dans ma bouche, mais je ne veux pas précipiter les choses plus que nous ne le sommes déjà. Je veux lui dessiner ça. Qu'il se sente bien aussi longtemps que je le peux. Je le suce aussi lentement que possible pendant ce qui me semble très long, appréciant ses sons bas et essoufflés et la façon dont il continue de me regarder comme s'il ne pouvait pas croire que je suis réel.

Enfin, quand il commence à avoir l'air si nécessiteux qu'aucun de nous ne peut plus le supporter, j'accélère le rythme et attrape son cul d'une main pendant que j'enroule l'autre autour de la base de son sexe pour qu'il puisse enfoncer ses hanches en moi sans me faire bâillonner. C'est un truc que j'ai vu des filles utiliser sur moi, et j'ai toujours aimé la sensation d'être touché comme ça tout en déchargeant dans la bouche de quelqu'un. Quand j'enfonce mes ongles dans le cul de Zeke, il laisse échapper un gémissement aigu, suivi d'un grognement sourd.

"Creed, je vais..." Il essaie de m'éloigner de lui avec les deux mains, mais je le prends encore plus profondément, suçant fort et bien pendant que je verrouille les yeux avec lui. Au moment où il réalise que je suis plus que bon avec lui dans ma bouche, il abandonne tout contrôle et s'enfonce encore plus profondément en moi, gémissant alors qu'il atteint son orgasme.

Je bâillonne un peu, pas habitué à ce que ma bouche se remplisse comme ça, et je m'attendais bêtement à pouvoir avaler tout de suite, mais je suppose que j'ai oublié le fait qu'il y a encore une bite dans ma bouche. J'attends d'être sûr qu'il se soit complètement vidé dans ma bouche avant de me retirer lentement. Je suce doucement tout en le laissant glisser hors de ma bouche, puis j'avale enfin. Le goût est ce à quoi je m'attendais, mais ce à quoi je ne m'attendais pas, c'est à quel point ce moment est intime. Pousser quelqu'un contre un mur et lui arracher son pantalon pour le sucer peut être assez primaire, mais permettre à quelqu'un de venir dans votre bouche et de le sucer proprement... Je ne m'attendais pas à ce que ce soit autant émotionnel que physique.

"Wow," souffle Zeke, toujours appuyé contre le mur, les yeux fermés maintenant. "C'était..."

Je me lève et le tire contre moi, voulant sentir son corps nu contre le mien. Sa peau est chaude au toucher, et j'aime la façon dont il blottit son visage contre mon cou, inspirant profondément comme s'il voulait mémoriser mon odeur. Il dépose des baisers contre ma mâchoire, se rapprochant lentement de ma bouche. Avec les filles, je ne les embrassais jamais après qu'elles m'aient sucé, et je ne les mangeais que si j'utilisais un préservatif. L'idée de goûter mon propre sperme dessus ne m'a jamais plu. Zeke ne semble pas du tout s'en soucier, m'embrassant de tout son pouvoir, sa langue entrant immédiatement dans ma bouche et me ravissant.

Putain, j'adore l'embrasser. Le toucher. Le sentir. J'aime chaque chose de toute cette nuit.

"Je n'arrive toujours pas à croire que tu n'as jamais fait ça auparavant", souffle Zeke quand nous reprenons enfin l'air. "Êtes-vous sûr que vous n'êtes pas secrètement un roi de la fellation primé?" J'en ris. « Ouais, j'en suis sûr. Une de mes ex-petites amies a toujours dit que c'est l'enthousiasme qui compte quand on dénigre quelqu'un, et croyez-moi quand je dis que je n'ai jamais été aussi... enthousiaste... que ce soir.

Zeke ne semble pas déconcerté par le fait que je parle du fait que j'ai été avec des filles. Il le savait déjà, je suppose, et à en juger par la façon dont il n'arrête pas de déposer des baisers sur mes lèvres, il ne s'en inquiète pas. Si les rôles étaient inversés, je ne sais pas si je serais aussi cool. En y repensant... Je ne sais même pas s'il a déjà été avec une femme, ni avec combien d'hommes il a fait ça.

Beaucoup, probablement. Certainement bien plus que moi.

« À ton tour », décide Zeke en m'embrassant une dernière fois avant de me prendre la main et de m'entraîner avec lui jusqu'à l'escalier dans le coin de la pièce. Il monte le premier, son cul ferme juste devant moi, et je ne peux pas m'en empêcher, alors je le claque. Il grogne d'approbation et tire encore plus fort sur ma main, me forçant à me précipiter à l'étage avec lui à toute vitesse.

Au moment où nous trébuchons dans sa chambre, nous sommes à nouveau l'un sur l'autre. Il me pousse sur le lit et enlève mon pantalon à la seconde où il me met à plat sur le dos. Une fois que je suis nue, il prend un moment pour me regarder, ses yeux parcourant chaque centimètre de mon corps.

"Magnifique", dit-il d'un ton bas et sexy. « Peux-tu me promettre quelque chose ? demande-t-il en se baissant sur le lit pour être à côté de moi sur le côté, sa main sur ma poitrine et son visage près du mien.

"N'importe quoi," je murmure en retour, et je le pense.

"Dis-moi si je fais quelque chose qui te met mal à l'aise, ou si quelque chose ne te fait pas du bien." Ses yeux cherchent les miens tandis que sa main se déplace plus bas, s'assurant que je suis vraiment d'accord avec ça. "C'est ta première fois depuis que tu as 18 ans, n'est-ce pas ?"

"Avec un homme, ouais," j'avoue, gémissant quand sa main s'enroule autour de ma bite. Il est si chaleureux, son toucher si doux et ferme à la fois, son expression ouverte et si putain d'excitante... "Je veux ça," je grogne, mes hanches bougeant de leur propre gré, le pressant de bouger sa main. "Je te fais confiance."

Zeke sourit à cela, me donnant un baiser lent et doux. "Bon. Parce que vous pouvez."

Je ne sais pas à quoi je m'attendais, mais ce n'était pas ça. Pour qu'il soit si doux, doux, qu'il me parle pendant tout cela, qu'il me regarde dans les yeux comme si c'était la plus belle partie de mon corps... Il embrasse ma mâchoire, ma gorge, ma poitrine et passe sa langue sur ma mamelon. Je gémis de surprise de voir à quel point ça fait du bien, et il passe à mon autre mamelon pendant que sa main frotte ma bite, frottant le liquide pré-éjaculatoire sur ma hampe pour glisser de haut en bas plus facilement.

Plus il descend avec ses baisers, plus ma respiration devient laborieuse. Au moment où il atteint mes couilles et en suce doucement une dans sa bouche, je suis déjà tellement excitée que je pourrais jouir ici et maintenant. D'une manière ou d'une autre, je parviens à durer assez longtemps pour qu'il enveloppe ses lèvres autour de ma bite et me prenne à l'intérieur de lui, mais tous les paris sont ouverts. Avant même qu'il ne puisse m'emmener jusqu'au bout, j'éjacule déjà, fort et vite, mes mains agrippant ses cheveux pour le maintenir là où il est alors que je redresse mes hanches et laisse échapper un faible gémissement.

"Putain, désolé," je grogne quand il recule et s'allonge à côté de moi, enroulant son corps autour du mien.

"Pour quelle raison?" demande-t-il doucement, jetant sa jambe sur la mienne et posant sa tête sur ma poitrine avec un soupir. "Cela sonnait et donnait l'impression que vous l'aviez apprécié."

"J'ai duré à peu près aussi longtemps qu'un garçon de 15 ans ayant son premier orgasme", je gémis, un peu gêné.

"C'est un joli compliment à me faire", taquine Zeke. "Tu me donnes l'impression d'être un adolescent aussi, tu sais, et j'ai presque 30 ans."

Je me mets sur le côté, le regardant dans les yeux pour m'assurer qu'il n'est vraiment pas déçu. Il n'y a rien d'autre que de l'émerveillement dans son regard, et je ne peux m'empêcher de l'embrasser à nouveau, sans même me soucier du fait que nous nous ressemblons maintenant. C'est plutôt chaud, en fait.

Je m'attends à moitié à ce qu'il veuille recommencer tout de suite, et mon esprit vacille quand je pense à ce qui pourrait arriver d'autre ce soir. Au lieu de cela, Zeke tire les couvertures sur nous et se déplace pour qu'il soit sur le dos et ma tête sur sa poitrine, blottie contre lui.

"Tu restes?" demande-t-il doucement, le bout de ses doigts frôlant mon dos, me faisant frissonner.

"Est-ce-que je peux?" Je demande, bien trop à l'aise pour me lever maintenant. Je ne peux pas penser à un endroit plus parfait pour m'endormir ce soir.

« J'adorerais te garder ici toute une semaine si je le pouvais », murmure Zeke en déposant un baiser sur mon front. "Peut-être encore plus longtemps."

"Je t'en prie," répondis-je avec un sourire, jetant ma jambe par-dessus la sienne et ajustant complètement mon corps autour du sien. Je n'ai jamais été tenu comme ça de ma vie, je ne me suis jamais senti aussi en sécurité ou à l'aise. Ma bite reprend vie, pressée contre sa hanche, mais aucun de nous ne fait rien à ce sujet. J'aimerais revivre tout ça encore et encore, et j'ai vraiment envie de lui prouver que je peux tenir bien plus de trente secondes, mais le moment est parfait comme ça, donc je n'ose pas bouger. Comme je l'ai dit, il s'agit bien plus de se

AU PLAISIR DE MES ENVIES

connecter émotionnellement que je ne le pensais. Je n'ai jamais voulu me câliner comme ça après un rapport sexuel, encore moins m'endormir dans les bras de quelqu'un, mais c'est tout ce que je souhaite pour le moment.

« Je t'en prie, ne sors pas en douce demain matin », murmure Zeke, son emprise sur moi se resserrant.

"Bien sûr que non", je lui assure, détestant que mon conflit intérieur des derniers mois lui fasse penser que je partirais après avoir passé la nuit sans même dire au revoir. "Le moins que tu puisses faire après ce soir est de me préparer un petit-déjeuner demain matin."

Un rire surpris échappe à Zeke, et sa voix est pleine de joie quand il reprend la parole. « Dors bien, Creed. »

"Hmm," je suis d'accord, embrassant sa poitrine et fermant les yeux. "Toi aussi."

7

Des glaçons, des chiots morts, des crashs d'avion, des plaies purulentes...

Je me réveille avec la voix de Zeke qui monte dans la chambre depuis le rez-de-chaussée. Souriant à moi-même, je me retourne dans mon lit, pressant mon visage contre son oreiller pour inhaler son parfum capiteux. Ouais, je suis totalement ce mec, et je m'en fous. Je viens de passer la meilleure nuit de sommeil que j'aie eue en six mois, et Zeke sent comme... la maison.

"Merci", j'entends Zeke dire de sa voix profonde. « Je serai là-bas dans... Je ne sais pas. Une heure, je suppose. Une heure et demie, peut-être.

Ah merde. Il a sa salle de gym à faire fonctionner, et c'est toujours très occupé le samedi matin.

Avec un soupir, je sors du lit, réalisant que je suis nue et que mes vêtements sont éparpillés dans tout l'appartement. Cela me fait sourire, assez heureux de la façon dont les choses se sont déroulées hier soir. Devon reçoit le prix du meilleur ailier du siècle, c'est clair. J'enfile mon caleçon et regarde la chambre pour la première fois. Hier soir, j'étais un peu préoccupé, je suppose. Son lit est immense, avec des couvertures bleues confortables. Il y a un dressing sur le côté droit de la pièce, et sur le mur en face de son lit se trouvent une merde de photos.

Je me promène et étudie Zeke à travers les âges. Tout est là : lui en tant que petit bébé mignon dans les bras de sa mère, lui et ses amis et son diplôme d'études secondaires, Zeke avec son bras autour de son rendez-vous de bal - un gars mince avec de grands yeux bleus et des cheveux rouge vif - et un million d'autres photos . Stella est là aussi, tout comme le gars aux cheveux bleus que j'ai vu au bar. Son père est d'une absence flagrante, ce qui ne m'étonne pas du tout.

Mon prochain arrêt est la salle de bain, où Zeke m'a laissé une serviette et une brosse à dents. Il est tellement adorable, vraiment. Je me rafraîchis et descends les escaliers, toujours en sous-vêtements. Zeke lève les yeux de son siège sur le canapé, souriant quand il me voit descendre les escaliers.

« Bonjour, somnolent », me salue-t-il en se levant pour me verser une tasse de café et me la poser sur la table à manger. Il semble un peu... décalé. Je m'attendais à ce qu'il vienne m'embrasser ou me prendre dans ses bras ou quelque chose comme ça, mais à la place il reste là où il est, me regardant avec ce que je ne peux décrire que comme un malaise.

"Matin." Je m'approche, décidant d'y aller. Je suis déjà venu jusqu'ici, et je ne veux pas qu'il y ait de maladresse entre nous.

Il me rend son étreinte quand je mets mes bras autour de lui, et je le sens se détendre contre moi. Quand je recule, il semble plus à l'aise, et il sourit brillamment maintenant. Nos lèvres se rencontrent, et je ne peux pas m'empêcher d'être excité même si j'essaie de ne pas le faire. Il est entièrement vêtu d'une de ses tenues de sport habituelles, mais je ne suis qu'en caleçon, devenant dur contre lui.

"Hmm," gémit-il en attrapant mon cul. "Et là, je pensais que tu étais peut-être tout..."

« Dans ma tête ? je propose, réalisant qu'il s'attendait à ce que je panique à nouveau. À vrai dire, je suis étonné de voir à quel point je me sens aussi à l'aise. Pour une fois, il n'y a pas de doute de soi, pas de culpabilité écrasante, pas de désir intense d'être hétéro.

"Ouais", admet Zeke. "Mais tu n'est pas. Peut-être parce qu'il n'y a plus de sang dans votre cerveau, cependant. Sa main se déplace entre nous et va directement dans mon caleçon, s'enroulant autour de mon érection.

Saint. Merde.

Toute pensée rationnelle quitte mon esprit, ainsi que tout le sang de mon corps. Tout se précipite là où Zeke est en train de me branler, ses lèvres sur mon cou et sa main libre sur mon cul.

"Retournons au lit," grogne-t-il contre ma peau.

Nous commençons à déplacer la cage d'escalier mais ses mains sur moi sont trop distrayantes, alors nous nous retrouvons sur le canapé à la place, où il me déshabille et continue de me toucher pendant qu'il m'embrasse avec une telle passion que j'ai l'impression que je vais passer hors du pur bonheur et de l'excitation. Il ne faut pas longtemps avant que je sois juste là sur le bord, et dans un réflexe, je le repousse, respirant fort.

« Je ne veux pas venir avant que nous... » Je m'interromps, ne sachant pas où je voulais en venir. Je réalise d'emblée que j'ai l'habitude des filles, et même si j'ai une bonne endurance, j'ai l'habitude de les arrêter avant de venir pour pouvoir les pénétrer à la place et entrer en elles.

La compréhension brille dans les yeux de Zeke, et il se redresse, m'attirant avec lui. "As-tu déjà...?" demande-t-il en me caressant les cheveux et en me regardant dans les yeux.

"Quoi?" je demande, encore un peu à l'écart.

"Je sais que tu as été avec des filles, probablement beaucoup d'entre elles," dit Zeke, grimaçant un peu. « Mais je n'ai pas vraiment de vagin. Cela ne veut pas dire que nous ne pouvons pas... Mais je ne peux pas imaginer que tu aies jamais essayé ça, puisque tu n'avais même pas fait de pipe à un mec avant moi.

"Oh," je réalise. "Anal."

Zeke éclate de rire, pleurant un peu. « Tu es si direct parfois. Oui, je parle de sexe anal.

« Non, je n'ai jamais fait ça », j'avoue. « Ou bien... je veux dire, j'ai eu un doigt dans le cul quelques fois, avec des ex-petites amies. Et j'ai euh... avec mon ex, euh... eh bien, je ne sais pas si Nolan compte comme un ex-petit ami, mais il euh... » Oh mon Dieu, c'est gênant. "Il aimait quand je..."

Zeke hoche la tête sans me forcer à terminer ma phrase. "Je comprends. Évidemment, je l'ai fait, et au cas où vous vous poseriez la question, c'est incroyable, mais tout cela est encore si nouveau, et vous êtes absent depuis environ... cinq minutes, donc je pense que nous devrions y aller doucement.

Ça a l'air d'être une bonne idée, même si l'idée de le baiser... Ouais, ça m'excite énormément. Et peut-être... Je veux dire, s'il voulait... Je pense que je serais partant pour qu'il... Dieu, je ne peux même pas y penser. Je suis tellement nul quand il s'agit d'être gay, même dans ma tête.

"Qu'est-ce exactement..." Je déglutis, essayant de trouver les mots justes. "Je veux dire... Tu as dit avant que tu ne sors pas avec des gays enfermés, et je sais que je suis seulement comme... à moitié sorti, et comme tu l'as dit, ça ne fait que cinq minutes, mais... je veux dire..."

"Creed Davis", dit Zeke avec un petit sourire. "Tu m'invites à sortir ?"

"Je suppose que oui", je réponds en riant de la stupidité de tout cela. "Que dis-tu?"

"Bien sûr," répond-il tout de suite en m'embrassant doucement. "C'est tout ce que je voulais depuis le jour où j'ai posé les yeux sur toi, Creed."

"Tellement superficiel," je le taquine en le rapprochant de moi. « C'est mon apparence qui t'a séduit, hein ? Pas ma personnalité gagnante ? »

« Quelle personnalité gagnante ? » il riposte sans manquer un battement.

"Aïe," je me plains, feignant le choc.

"Es-tu blessé?" demande-t-il, les yeux pétillants de malice. "Voulez-vous que j'embrasse la douleur?"

"Ouais, je pense que je pourrais utiliser des baisers de guérison," je grogne, attrapant déjà l'arrière de sa tête et le poussant sur mes genoux pendant que je me rallonge sur le canapé.

"Tellement insistant", grogne Zeke. Sa langue sort et lèche mon sexe avant de me prendre dans sa bouche.

Des glaçons, des chiots morts, des crashs d'avion, des plaies purulentes...

Peu importe ce à quoi je pense, je n'arrive pas à m'empêcher d'être encore trop excité. J'essaie de tenir le coup, mais assez vite, je jouis comme l'adolescente excitée qu'il est en train de me transformer ces jours-ci. Le regarder avaler est chaud comme de la merde, et quand il se couche sur moi, m'embrassant, je me fous du fait qu'il a le même goût que moi. Avec Zeke, tout ce que nous faisons est juste... d'une certaine manière, cela ne l'a jamais été avec les nombreuses filles avec qui j'ai été.

Il se frotte contre moi, me frottant à sec, et je glisse ma main dans son short, serrant son cul nu. Quand il gémit, une idée me vient. Je veux dire... il a dit qu'il aimait ça... Je touche doucement son trou serré, et il grogne contre ma peau, sa queue se tordant tôt contre ma cuisse. Il est toujours entièrement habillé, mais il fait encore chaud comme de la merde.

"Oui," gémit-il en m'encourageant.

Je le pénètre lentement et prudemment, mais il ne semble pas qu'il ait besoin que je sois si douce avec lui. Ce n'est pas nouveau pour moi, même si cela fait longtemps. Quatre ans, pour être exact. À l'époque, je pouvais faire jouir Nolan si fort qu'il s'est évanoui pendant un moment, et je n'ai utilisé que mes doigts, sans même toucher sa queue. Voyons si je l'ai toujours.

« Ah ! » Zeke s'exclame quand je courbe mon doigt et trouve l'endroit qui le rend fou. "Putain, Credo !"

"Je ne suis pas totalement inexpérimenté," je murmure, adorant la façon dont tout son poids appuie sur moi alors qu'il continue de se frotter contre ma cuisse. Ma bite est à nouveau complètement dressée et nous gémissons tous les deux quand ils se frottent l'un contre l'autre.

"Pouvez-vous venir comme ça?" je demande à voix basse, en allant un peu plus loin et en appliquant un peu plus de pression.

Sa réponse n'est même pas un mot. C'est un son désespéré, qui se transforme en un long grognement. "Viens pour moi," ordonnai je, me sentant puissant en le contrôlant comme ça. "Maintenant."

C'est comme si son corps ne pouvait rien faire d'autre que se conformer. Il vient dans son pantalon, la tache humide pressée contre moi. Je m'éloigne de lui très lentement, lui donnant un baiser avant de le rouler doucement pour que je puisse aller me laver les mains. Ce n'est pas que je pense qu'il est sale, mais... eh bien, c'est anal, et nous n'avions pas exactement prévu cela, donc je pourrais utiliser de l'eau et du savon.

Quand je reviens, il est toujours allongé sur le canapé, regardant le plafond avec des yeux aveugles. "Putain de merde," souffle-t-il, semblant totalement hors de lui. "Vous êtes..."

« Un dieu du sexe ? » je propose en me penchant pour l'embrasser. "Pourquoi merci, Ezéchiel."

Il rit doucement. "C'est tellement bizarre quand vous utilisez mon nom complet. Personne ne m'appelle comme ça."

Nous restons enlacés encore un moment, mais finalement je me lève et enfile à nouveau mon caleçon. Nous rions tous les deux de la tache sur son short de notre petite aventure matinale, et il me poursuit à l'étage, me plaquant sur le lit où nous nous déshabillons à nouveau. Je suis presque sûr que nous avions tous les deux l'intention de nous habiller, mais il est impossible de se concentrer sur quelque chose d'aussi trivial que de mettre un pantalon quand Zeke est pressé contre moi sans aucun vêtement.

Il redescend sur moi, et cette fois je tiens bien plus longtemps, enfin ne m'embarrassant plus. Quand il attrape une bouteille de lubrifiant sur sa table de chevet et l'utilise pour glisser un doigt en moi, je jouis presque instantanément, mais je parviens à le garder ensemble, appréciant son exploration lente et prudente de mon corps. Il ajoute un deuxième doigt, frottant mon point P au rythme parfait, sa bouche toujours fermement autour de ma bite. Quand il suce fort et intensément, je jouis enfin.

Pourquoi ai-je jamais combattu cela ? Pourquoi ai-je jamais pensé que tout cela n'était pas naturel ? Être au lit avec Zeke, se toucher de toutes les manières qui nous font du bien... C'est la chose la plus naturelle au monde. Pour une fois, je ne doute pas de moi, je n'essaie pas de m'auto-saboter, et putain c'est un bon sentiment.

"Douche ?" Zeke propose une fois que je peux à nouveau fonctionner.

Je le suis dans la salle de bain. Il m'ordonne de me retourner une fois qu'on est sous l'eau chaude, et il me savonne les cheveux, le dos, les fesses... Quand il a fini, je me retourne pour qu'il puisse faire mon front. Je lui donne le même traitement, m'attardant sur ses mamelons, sa bite, son cul, ses abdominaux durs comme le roc... Je pense qu'il pourrait bien être la plus belle personne que j'aie jamais vue, et encore moins touchée. Et pas seulement physiquement, mais aussi émotionnellement. Il est tellement gentil.

Après notre douche, nous nous habillons enfin. Je lui emprunte des vêtements de sport et je prends une tasse de café et une barre granola pendant qu'il met du yaourt aux fruits dans sa bouche.

« J'aimerais ne pas avoir à travailler », soupire-t-il en mettant la vaisselle dans l'évier.

« Je pourrais... te suivre ? » je propose, mon cœur battant dans ma poitrine.

Il lève les sourcils vers moi. "Suivre ?"

Je hausse les épaules. « Je n'ai pas fait beaucoup de ménage hier soir, n'est-ce pas ? Je devrais me rattraper. De plus, je pourrais utiliser un entraînement. Et... te regarder travailler n'a pas l'air si mal. J'adore te regarder diriger Stella.

Il rit et m'attire pour un baiser. "Je ne suis pas sûr que je serai capable de garder mes mains loin de toi si tu vas être dans ma salle de gym toute la matinée, en ayant l'air bien comme l'enfer."

"Alors ne le fais pas," je murmure, mordillant son lobe d'oreille.

Il recule, l'air surpris. "Etes-vous en train de dire...?"

"Oui," je réponds, me sentant un peu nerveux maintenant. "Je suis dehors. Dans cette ville, au moins, avec nos amis. Vous nous avez caché Stella depuis un moment maintenant, et bien que j'apprécie cela, ce n'est pas vraiment juste pour vous, n'est-ce pas ? Je pourrais au moins parler à Sam, et maintenant tous mes colocataires savent... »

"D'accord", dit Zeke, ayant toujours l'air de ne pas pouvoir croire que tout cela se passe vraiment. "Par tous les moyens, suivez-nous."

Avant que je puisse perdre mon sang-froid, nous quittons son appartement. À la seconde où l'air froid me frappe, tous mes doutes et mes peurs me submergent à nouveau, mais je refuse d'y céder. Je veux conserver cette sensation chaleureuse et floue que Zeke me procure, alors je prends sa main dans la mienne et je la serre. Il verrouille la porte derrière nous et nous nous dirigeons vers l'entrée du gymnase.

Bon, rien ne va plus...

À la seconde où Stella lève les yeux de l'ordinateur et me voit Zeke et moi nous tenant la main, sa bouche s'ouvre et elle émet un son aigu qui me fait mal aux oreilles.

« Mais... tu es hétéro », me dit-elle quand nous l'atteignons.

"Pas même un peu," je réponds, me sentant mal d'avoir flirté avec elle ces derniers mois. "Pardon."

Elle secoue la tête, sa queue de cheval dansant derrière elle. "Ouah. D'accord. C'est..."

"Vraiment incroyable", termine Zeke pour elle. "Je suis désolé de ne pas te l'avoir dit, mais Creed n'était pas..."

"Ouais, pas de merde," marmonne Stella, semblant un peu ennuyée. "Eh bien, félicitations, ou quelque chose?"

"Merci." Merde, c'est gênant. "Je vais aller euh... nettoyer les toilettes."

Zeke me fait un bisou sur les lèvres, puis je m'en vais, le laissant discuter avec Stella. Tout semblait facile dans son appartement, mais bien sûr, la réalité est différente. Pourtant, je ne vais pas arrêter de me forcer à affronter les faits. Je suis déjà allé trop loin. Zeke est incroyable, et je ne veux pas le perdre. Espérons juste qu'il soit aussi patient qu'il en a l'air, parce que je sais pertinemment que je vais paniquer à un moment donné.

Pas aujourd'hui, cependant. Aujourd'hui, je vais juste être heureux.

8

Thanksgiving semble être le meilleur moment pour sortir

Peut-être que je vais juste... le faire. Peut-être que je peux me donner un discours d'encouragement et enfin admettre à ma famille que j'aime les hommes, peu importe à quel point j'ai essayé de ne pas l'être. Dans quelques jours, je rentrerai à la maison pour Thanksgiving, donc ce serait le meilleur moment, je suppose. Les choses avec Zeke ont été si faciles ces dernières semaines, c'est vrai.

D'un pas saccadé – je jure que je deviens l'un de ces ennuyeux joyeux qui sourient tout le temps – je sors de l'amphi, rangeant mon ordinateur portable dans mon sac et le balançant sur mon épaule.

"Credo!" quelqu'un appelle, et je regarde par-dessus mon épaule pour voir Hannah courir pour me rattraper. "Attendre jusqu'à !"

Surpris, je l'attends juste à l'extérieur dans le couloir. Nous avons des cours ensemble depuis un an et demi maintenant, et j'ai travaillé sur un projet avec elle une fois, mais je ne la connais pas très bien. Nous avons eu une conversation de cinq minutes sur la météo la semaine dernière, et c'était la première fois que je lui parlais en tête-à-tête en un mois, donc je ne sais pas de quoi il s'agit. Peut-être qu'elle veut emprunter mes notes ?

"Le professeur Vesper est tellement ennuyeux", me dit-elle dans un murmure de scène en riant. "Je suis tellement fier de moi d'être resté éveillé cette fois."

En fait, je pense que notre professeur est un génie, et je m'accroche toujours à chacun de ses mots, mais je suppose que tout le monde n'est pas aussi intéressé par les cours que moi. Bien sûr, j'ai une vie sociale - enfin - mais je passe aussi beaucoup de temps à préparer les cours, et je ne saute jamais aucune lecture, donc je pense que j'ai peut-être été l'une des seules personnes là-bas à lire professeur Le livre entier de Vesper sur les avancées dans le domaine de la biochimie. Le gars est un génie. Bien sûr, je ne dis rien de tout cela, souriant poliment à la place.

"Voulez-vous par hasard prendre une tasse de café?" demande Hannah. "J'ai un autre cours dans une heure, donc j'ai du temps à tuer, et je voulais apprendre à mieux te connaître."

Attends... est-ce qu'elle flirte avec moi ?

"En fait, je dois courir, car je donne des cours particuliers à deux lycéens cet après-midi." Non pas que j'aurais été intéressé à traîner avec elle même si j'avais été libre, mais ce n'est pas un mensonge. Je suis vraiment occupé aujourd'hui.

"Oh, c'est vrai, tu m'en as parlé une fois", répond-elle en hochant la tête. « Alors... le dîner alors, peut-être ? Ce soir?"

Oh wow, elle m'invite vraiment à sortir.

"Je euh..." J'hésite, luttant pour trouver les mots justes. Ce n'est pas comme si je n'avais jamais été draguée, mais normalement je dis oui à des trucs comme ça, principalement parce que c'était toujours une façon de me prouver que je m'intéressais aux filles, pas aux mecs. « Je suis désolée, mais j'ai déjà des plans avec mon... petit ami », je parviens à sortir. Je ne sais pas si Zeke compte comme mon petit ami, mais ce mot m'est venu à l'esprit, et nous ne sortons clairement pas tous les deux avec d'autres personnes, donc je suppose que c'est la direction dans laquelle nous nous dirigeons, à tout le moins ... droite? Je l'espère bien.

"Oh," souffle Hannah, la surprise l'envahissant. "Droite. Ton petit ami. D'accord. Pourtant, si jamais vous voulez sortir en tant qu'amis, vous savez où me trouver. Il est évident qu'elle ne pense pas à cette dernière partie, mais elle essaie de sauver la face, je suppose.

"Merci," je réponds avec un sourire, me sentant étrangement à l'aise d'être ouvert sur le fait que je suis gay, même si c'est juste avec une fille au hasard d'une de mes classes. "Je devrais y aller, le travail m'attend."

Elle nous dit au revoir et nous nous séparons. Alors que j'entame les trente minutes de marche jusqu'au lycée où je vais donner des cours aujourd'hui, je sors mon téléphone et j'appelle Zeke.

"Hé," dit-il, décrochant tout de suite. « Je me dirige vers un cours de boxe dans cinq minutes, donc je n'ai pas beaucoup de temps pour parler, juste pour que tu saches. Je ne m'attendais pas à ce que tu appelles. Il a l'air heureux que je l'aie fait, ce qui me fait aussi sourire. "Je pensais que tu avais une journée bien remplie."

"Jamais trop occupé pour vous."

Oh mon Dieu, je me transforme en une putain de boule de fromage. Si je ne fais pas attention, on finira comme ma soeur Nia et son mari Khiêm, tout fous et émotifs tout le temps putain. Ils sont tellement en phase que même si je me sens heureux pour elle, ils me donnent aussi parfois envie de vomir.

Pour la première fois, je comprends pourquoi ils sont si sèveux, cependant. Lorsque vous trouvez quelqu'un avec qui vous cliquez au même niveau que Zeke et moi, être pâteux ne semble plus si stupide. Nous avons appris à nous connaître ces dernières semaines, dînant ensemble presque tous les jours, et je reste chez lui tous les soirs. Je n'ai pas dormi dans mon lit depuis qu'on est ensemble. Nous ne sommes pas passés au niveau supérieur sexuellement, mais ça me va. Je le veux, je le veux vraiment, mais nous avançons déjà si vite, et je dois admettre que je suis nerveux. Et si je ne suis pas doué pour ça ? Et si je ne l'aime pas ? Et si je flippe ou quoi ?

En ce moment, il est vraiment difficile de s'inquiéter, cependant. Tu sais quoi... merde. Je vais le faire.

« Thanksgiving », dis-je à Zeke, prenant une décision rapide. "Je fais mon coming-out à ma famille."

« Vous... » Zeke semble à court de mots. "Qu'est-ce que... je veux dire... est-ce qu'il s'est passé quelque chose ?"

"Oui," j'avoue, souriant brillamment alors que je traverse la rue, saluant un camarade de classe que j'ai rencontré quelques fois auparavant. "Une fille m'a dragué aujourd'hui."

"Euh... d'accord..." Zeke semble encore plus confus maintenant.

"Je lui ai dit que je ne pouvais pas dîner avec elle parce que j'ai des projets avec mon petit ami." Mon cœur bat si vite qu'il ne peut pas être en bonne santé. "Je suis juste sorti et je l'ai dit à une personne au hasard à qui je n'ai parlé que quelques fois auparavant. Si je peux faire ça, je peux sûrement le dire à mes frères et sœurs, n'est-ce pas ? »

Zeke inspire brusquement. "Ton petit ami?"

*Oh merde.*Est-ce que j'avance trop vite ? Nous n'avons pas mis d'étiquette sur les choses jusqu'à présent, et ça me va, mais il se sent vraiment comme mon petit ami.

"Pardon." Ma bonne humeur s'estompe petit à petit. « Est-ce trop tôt ? Je ne veux pas dire que nous devrions- »

"Pas trop tôt du tout", m'interrompt Zeke. « Je ne m'attendais pas à ce que tu m'appelles comme ça. Tu sais que je suis partant, Creed. J'aime la façon dont les choses se passent. Si tu veux faire ton coming out à ta famille, je suis tout à fait d'accord, mais j'espère que je ne te mets pas la pression, parce que je- »

"Pas de pression", je lui assure. « C'est juste que... je t'aime bien. Je parle même de toi à des gens au hasard maintenant. Mes amis savent que je suis gay. C'est un peu stupide de ne pas le dire à mes frères et sœurs.

"D'accord", dit Zeke avec un soupir heureux. "Action de grâces. Je déteste couper notre call shot, mais je dois vraiment commencer à enseigner à ma classe. Tout le monde est déjà à l'intérieur et Stella me crie de me dépêcher.

« Va, enseigne », lui dis-je. "À ce soir. Tu viens chez moi, c'est ça ?

"J'apporterai des provisions pour le dîner." Zeke crie quelque chose à Stella, puis il dit au revoir pour de vrai, retournant à son travail.

Je n'arrive pas à effacer l'énorme sourire de mon visage, pas même pendant mes séances de tutorat cet après-midi-là, qui sont longues, ennuyeuses et épuisantes. J'ai un petit ami maintenant. Creed Davis est sorti, et peut-être... peut-être même commence-t-il à en arriver au point où il se sent peut-être un tout petit peu fier.

"QUE VIENS-TU DE DIRE?" Shaughna demande à Dshawn à voix basse, son expression meurtrière.

« Je dis juste que c'est un peu sec », fait-il l'erreur de dire en désignant la dinde qu'elle a préparée pour le grand dîner de famille. « C'était toujours bon, bébé. Et les côtés sont tous divins.

"Oh merde", marmonne Pierre en me donnant un coup de coude. "Dix dollars, elle va lui lancer quelque chose."

"Juste là avec toi," je suis d'accord, poussant les carottes dans sa direction pour qu'elle n'aille pas pour la purée de pommes de terre.

"J'ai passé des heures dans la putain de cuisine, j'ai fait tous ces plats stupides que tu as insisté pour que je fasse, et maintenant tu appelles la dinde sèche ?" siffle Shaughna. "L'année prochaine, tu cuisines, espèce de connard."

"Ouais, connard !" Maisy intervient en riant. "Papa est un connard !"

« De quoi avons-nous parlé hier ? » rappelle Dshawn à Shaughna, l'air ennuyé. "Vous devez arrêter de jurer devant nos enfants."

"Le problème ici n'est pas ma mauvaise gueule, c'est votre manque de respect pour ma cuisine." Shaughna croise les bras sur sa poitrine. "Cette dinde est parfaite !"

"C'est bon", acquiesce Dshawn, disant toutes les mauvaises choses. "J'apprécie vraiment que tu cuisines pour nous tous, bébé."

"Amende?" elle fait écho. "C'est bon?"

"Oh, maintenant il l'a vraiment fait", marmonne Khiêm à Marcus et Nia. « Énorme combat en trois... deux... un... »

Juste au bon moment, Shaughna lui lance une poignée de carottes, le frappant au front et à l'épaule.

« Qu'est-ce que c'est que ce bordel ! » s'exclame Dshawn en se levant de sa chaise.

« Ne maudissez pas devant nos enfants », réplique-t-elle.

"Merde!" dit Luke d'un ton sérieux. "Connard!"

"Jeter des choses!" Maisy ajoute, attrapant la purée de pommes de terre et en attrapant une poignée, les jetant sur Nia. Elle en prend un visage plein, trop choquée pour réagir tout de suite.

"Bon sang ouais, combat de nourriture!" Aliyah crie, semblant bien plus jeune qu'elle ne l'est alors qu'elle fait pipi à Pierre.

"Oh non tu ne l'as pas fait !" lui crie-t-il en lui jetant sa classe d'eau au visage.

Luke jette des trucs par terre, Maisy nage à peu près dans de la purée de pommes de terre maintenant, et Aliyah menace de jeter la sauce aux canneberges sur la tête de Pierre. C'est un dîner de famille Davis pour toi, je suppose.

"Arrête ça!" Shaughna crie, sa voix forte et ne laissant aucune place pour désobéir. « Tout le monde s'arrête. Putain maintenant.

Ils obéissent tous, et les vingt minutes suivantes, Shaughna et Dshawn nettoient leurs enfants tout en se battant, et Marcus et Nia commencent à nettoyer le sol et la table. Pierre, Aliyah et moi nous précipitons tout de suite, ne voulant pas être mis au travail. Gracie et Khiêm restent pour aider au nettoyage.

"Maman aurait engueulé Dshawn pour avoir parlé en mal de la cuisine de sa petite amie", dit Aliyah en se jetant sur le canapé en riant. "Et puis le cul de Shaughna pour avoir insulté."

"Vôtre pour avoir participé à une bataille de nourriture", je lui rappelle en riant également.

« Elle me manque », avoue Pierre. "Spécialement maintenant. Tout le monde à l'université parlait de ce que leurs mères allaient cuisiner, et je veux dire... ce n'est évidemment pas à propos de la nourriture, mais je montre mal qu'elle avait l'habitude de tout trop cuire, de le jeter dans une énorme casserole et d'appeler ça la perfection. Même ces tortillas grossières qu'elle avait l'habitude de faire à partir de zéro me manquent.

"Oh, ils étaient horribles." Aliyah frissonne. "Complètement immangeable."

Je m'affale sur une chaise confortable, regardant l'immense tableau au-dessus du canapé. C'est toute la famille, y compris maman et papa. Ou bien... pas toute la famille, je suppose. Thanh n'était pas née à l'époque, et Gracie – qui devient rapidement incontournable dans nos vies maintenant que Marcus sort avec elle – n'y est pas non plus. Le reste d'entre nous le sommes, cependant. Elle a été prise au mariage de Nia et Khiêm, et je me souviens comment papa a pleuré quand ils ont prononcé leurs vœux, maman lui frottant le dos.

Je suis à côté, mon bras autour de Pierre, et je ne peux pas m'empêcher de me demander si un jour, il y aura une photo de famille sans papa et maman, mais peut-être... juste peut-être... avec Zeke dedans, mon bras autour du sien épaules. L'idée de l'ajouter à la famille devrait m'exciter, mais à la place, je ne ressens que de la peur. Être de retour à la maison, voir tous mes frères et sœurs, qui ressemblent tellement à mes parents que ça fait parfois mal, voir ces photos de famille... Cela me rappelle une fois de plus qu'ils ne rencontreront jamais Zeke. Je ne sais même pas s'ils seraient d'accord pour que je fasse venir un homme pour Thanksgiving.

"La côte est claire!" Gracie nous appelle, sonnant comme une déchiqueteuse.

"Bien, je pourrais me contenter d'un dessert", dit Pierre en se levant d'un bond et en revenant dans la salle à manger.

Dshawn n'arrête pas de dire à Shaughna tout au long du dessert à quel point la nourriture était incroyable, mais elle ne fait que se renfrogner. Ils ressemblent tellement à maman et papa, plus qu'à n'importe lequel d'entre nous, ce qui est fou, parce que Dshawn n'est même pas lié à papa, pas génétiquement. Maman et Shaughna aboient et ne mordent pas, et papa et Dshawn... totalement fouettés. Maman et papa aimaient tous les deux Shaughna, et ils adoraient Luke et Maisy, leurs premiers petits-enfants. Je sais que Nia est heureuse qu'au moins maman et papa aient pu la voir épouser Khiêm et leur donner leur bénédiction, mais ça fait mal qu'ils n'aient jamais pu rencontrer la petite Thanh, qui dort profondément dans le berceau dans le coin en ce moment.

Quand le dîner est fini et que j'ai aidé à débarrasser les assiettes, je me retrouve devant la télé avec Khiêm et Pierre, à regarder un film nul dont personne ne se soucie vraiment. Ils parlent de – eh bien... je ne sais même pas de quoi ils parlent pour être honnête, parce que je n'arrête pas de regarder la photo de famille sur le mur.

« *Creed, vous n'êtes pas sérieux...* »

Qu'est-ce que maman allait dire ?

Et qu'est-ce que papa a pensé de tout ça ?

Maman et papa n'étaient pas homophobes ou quoi que ce soit. Ils n'étaient même pas religieux. J'ai moi-même toujours cru en Dieu, même si le reste de ma famille ne semble pas y croire, mais je ne suis pas religieux non plus. Je pense juste que quelque part, d'une manière ou d'une autre, il doit y avoir quelque chose de plus grand et de meilleur que nous tous, qui veille sur nous. Seulement cette force supérieure n'a pas protégé mes parents de ce conducteur ivre. Ils nous ont enlevé bien trop tôt. Sur ma montre. Ça doit être un signe, non ? Une façon de me dire que j'étais sur la mauvaise voie ?

Ces dernières semaines avec Zeke ont repoussé tous mes doutes à l'arrière de ma tête, mais maintenant ils sont de retour. Comment ai-je pensé que je serais capable de sortir et de dire à n'importe qui que je suis gay, alors que ma confession et ma distraction à cause de cela expliquent pourquoi maman et papa ne sont pas avec nous en ce moment, nous réprimandant pour avoir eu une bataille de nourriture ?

Les mains tremblantes, je sors mon téléphone, le cœur serré quand je vois que j'ai reçu trois adorables messages de Zeke, qui fête Thanksgiving avec Stella et deux autres amis. Il n'a même plus de famille, et je lui ai promis de sortir pour qu'il fasse partie de la mienne, et maintenant je dois le laisser tomber.

Je suis désolé, Je lui envoie un texto, me détestant d'être si faible. Je ne peux pas.

C'est bon, il riposte deux secondes plus tard. Un pas après l'autre.

Il est si compréhensif, mais pour combien de temps ? Il n'est pas mon sale petit secret à l'université ou avec mes amis, mais il l'est certainement quand il s'agit de ma famille. Surtout maintenant que mes parents sont partis, mes frères et sœurs représentent le monde entier pour moi. Pourtant, je n'ai pas l'impression d'être moi-même avec eux, mais je ne peux pas non plus faire mon coming out, ce qui signifie risquer de perdre Zeke.

La nuit progresse autour de moi, mais je n'ai plus l'impression d'en faire partie.

Marcus et Gracie entrent dans la pièce, revenant de tout ce qui les rend ébouriffés et heureux - le sexe dans la salle de bain, probablement, ce qui est totalement dégoûtant et me rend jaloux en même temps. Il s'assied sur le sol avec Luke sur ses genoux, jouant avec lui. Gracie le regarde comme si elle voulait monter sur son dos et le faire imprégner ici et maintenant.

« Tu vas faire exploser ses ovaires », préviens-je Dshawn. "Ne laisse jamais une femme te voir jouer avec un enfant, mec. Ils ont toutes sortes d'idées folles.

Marcus rit en secouant la tête. Pendant qu'il continue de jouer avec Luke, Pierre me donne un coup de coude et me montre son téléphone.

"Tu te souviens que je t'ai dit que j'avais rencontré quelqu'un ?" il me rappelle notre appel téléphonique plus tôt cette semaine. "C'est elle."

« Putain, elle est canon », commente-je, retombant dans mon rôle d'hétéro dans tout ce qui a des seins et un vagin, même si la fille a l'air au mieux médiocre et ne fait rien pour moi.

"N'est-ce pas?" Pierre répond, l'air fier d'avoir marqué une fille qu'il trouve visiblement jolie.

"Qui est chaud?" demande Marcus en se tournant vers nous avec un Luke protestant sur ses genoux.

"Ma petite amie", explique Pierre en lui montrant la photo de la fille avec les faux cheveux blonds, les faux cils, le maquillage très appliqué et le haut décolleté. Pas mon genre, pas même quand je faisais encore semblant d'être hétéro. "Nous nous sommes rencontrés en cours de philosophie, nous nous sommes disputés à propos de Socrate, et nous avons continué à nous disputer autour d'un café, qui s'est transformé en déjeuner, suivi d'une longue promenade dans le parc, puis d'un dîner, puis..." Il ne laisse aucun doute sur ce qui s'est passé entre leur.

Bien pour lui.

"Lorsque?" demande Marcus.

« C'était il y a trois semaines », dit Pierre, ayant l'air de ne pas y croire lui-même. "Elle est incroyable. Elle m'a dit tout de suite que je ferais mieux de la traiter correctement, sinon elle allait me larguer le cul.

Sonne comme un vrai morceau de travail.

Je fais défiler les photos sur le téléphone de Pierre et montre à Marcus une photo particulièrement nauséabonde, où Pierre et sa petite amie se regardent dans les yeux. Totalement faux. Ne se sent pas réel du tout. Je parie qu'ils ne l'ont pris que pour son Instagram ou quelque chose comme ça. "Quel est son nom?"

« Valentina Rodríguez. Elle a 19 ans et elle est folle. Il soupire de bonheur. "Magnifique. Bizarre comme de la merde. Elle collectionne les baguettes et les poupées Harry Potter et tout ça. Elle n'en a pas l'air, mais c'est une énorme nerd. Son dortoir est entièrement recouvert d'affiches de films et elle connaît par cœur le premier chapitre du premier livre. En fait, elle me lit le premier livre le soir. C'est tellement gentil, elle fait des voix et tout.

Je ris à cela, roulant des yeux vers Marcus, qui sourit avec ironie. Ouais je comprends. Pierre est évidemment épris de cette fille, d'une manière qu'il n'a jamais été auparavant, quelque chose que maman et papa auraient aimé voir. J'aime être avec ma famille, mais parfois, tout ce qu'ils font, c'est me rappeler ce que nous avons tous perdu. Quand je suis loin d'ici, dans le lit de Zeke, c'est beaucoup plus facile de prétendre que rien de mal n'est jamais arrivé à aucun d'entre nous, et que je suis juste Creed, pas le gars qui a perdu ses parents sans faute de sa part, et qui ne peut même pas avouer à ses frères et sœurs ce qui s'est réellement passé.

"Son personnage préféré est Hermione, et elle est tout aussi intelligente qu'elle", poursuit Pierre à propos de Valentina. « Je jure devant Dieu, je n'ai jamais rencontré quelqu'un comme elle. Elle est incroyable."

« Tant mieux pour toi », dis-je en essayant de ne pas avoir l'air amer et jaloux.

« Avez-vous déjà rencontré quelqu'un ? demande Marcus en me regardant depuis son siège par terre avec un enfant très endormi sur ses genoux.

Il ne s'en rend pas compte, mais c'est la question la plus difficile pour moi. J'aimerais pouvoir sortir et lui parler, ainsi qu'à Pierre, de Zeke, mais je ne peux pas. J'ai l'impression que ma gorge se ferme et mes oreilles bourdonnent. "Non," je grogne en réponse. "Je ne cherche rien de sérieux de toute façon." J'essaie de donner l'impression que tout va bien, mais ce n'est pas le cas, et je pense que Marcus peut le voir d'une manière ou d'une autre, alors je sursaute. « J'ai besoin d'une autre bière. Tu veux tout?" Une seconde plus tard, je suis déjà dans la cuisine, appuyé contre le comptoir, respirant fort.

J'aimerais ne jamais venir ici. J'aurais dû rester avec Zeke et fêter Thanksgiving avec lui et ses amis. Ou j'aurais pu aller avec Sam ou Devon, qui m'ont tous deux invité dans leur maison familiale, sentant que j'étais nerveux à l'idée de voir ma famille. La raison pour laquelle j'étais nerveux, c'est parce que je me demandais comment ils allaient me faire sortir, mais maintenant... ça n'arrive pas. Je sors mon téléphone pour envoyer un texto à Zeke, mais je le range avant de le faire. Il n'y a rien à dire pour le moment. Il mérite une soirée amusante avec ses amis au lieu de me consoler par SMS.

Il pouvait faire tellement mieux que moi. Ce n'est qu'une question de temps avant que cette réalisation ne le frappe et je le perdrai. Il est patient maintenant, mais il ne le sera pas pour toujours, et je ne sais pas quand je me sentirai prêt à sortir. Aucune idée.

9

Dieu ne me déteste pas pour t'aimer

Comme la dernière fois, Zeke m'attend à l'aéroport. Je laisse tomber mon sac et passe mon bras autour de lui, reconnaissante qu'il soit venu, même si j'ai vraiment merdé ce week-end. Il me frotte le dos et m'embrasse doucement, sans avoir l'air déçu du tout. Je m'attendais à ce qu'il soit au moins un peu froid envers moi, mais il ne l'est pas. Il est doux et gentil comme toujours, attrapant mon sac et passant la bandoulière sur son épaule pendant que nous marchons ensemble vers la sortie, son bras autour de ma taille.

"Ça va", me dit Zeke quand nous atteignons sa voiture et que je n'ai toujours rien dit. « Ne sois pas si dur avec toi-même, Creed. As-tu une idée du nombre de fois où j'ai dégonflé avant de finalement faire mon coming out à mes parents ? J'ai toujours su que mon père ne serait pas d'accord avec ça, même si bien sûr je ne m'attendais pas à ce qu'il m'envoie me faire soigner... Évidemment, tu t'inquiètes de ce que tes frères et sœurs diront. Ils sont toute ta famille, et je sais à quel point ils comptent pour toi. Bien sûr, ça fait peur.

"En fait, je ne pense pas qu'ils réagiront autrement que par le soutien," je réponds en bouclant ma ceinture de sécurité pendant qu'il démarre la voiture. "Ils sont très ouverts d'esprit, la plupart d'entre eux ont des amis gays ou bi... Je..." Je ne sais pas comment expliquer mon anxiété sans dire la vérité sur la mort de mes parents. Je ne pense pas que ma famille serait en colère contre moi parce que je suis gay, pas quand j'y pense de manière rationnelle, sans laisser mes émotions merdiques obscurcir mon esprit. Mais je pense qu'ils seraient en colère et déçus d'apprendre que je ne prêtais pas autant d'attention à la route que j'aurais dû, et que je ne leur en ai pas parlé à la seconde où je me suis réveillé après l'accident de voiture. Ils vont me détester. Pas pour être gay, mais pour... pour être moi je suppose.

"Alors tu penses qu'ils seraient d'accord pour que tu aies un petit ami, mais tu as toujours peur de faire ton coming out ?" Zeke résume.

« Pourtant, ce n'est pas si étrange que ça. Je pense que la plupart des gens ont peur de la réaction de leur famille et de leurs amis, même si vous savez au fond qu'ils ne s'en soucieront pas ou du moins qu'ils s'en sortiront. Dans votre cas en particulier, car je ne pense pas que beaucoup de gens le sachent à votre sujet, n'est-ce pas ? Je pensais vraiment que tu étais hétéro quand on s'est rencontré. D'après ce que tu m'as dit, ta famille n'a aucune idée que tu n'aimes pas les femmes. Vous avez ramené des copines à la maison, vous n'avez jamais laissé entendre que vous aimiez les hommes, personne n'a jamais laissé entendre que vous aimiez les hommes... Même s'ils vous soutiennent, vous allez toujours les choquer, et c'est effrayant.

« Ouais... je ne suis pas sûr que ce soit ça, » je murmure. Il a raison, ça en fait partie, mais toute mon anxiété est liée à l'accident de voiture, mais je ne peux pas lui dire ça. Je ne peux pas.

« Alors quoi ? demande Zeke en me regardant. « Est-ce que je t'ai poussé à ça ? Est-ce que je t'ai fait sentir que tu devais sortir le plus tôt possible ou quoi que ce soit ? Nous sommes ensemble maintenant, Creed. Vous êtes sorti avec vos amis. Je n'ai pas besoin de plus que ça maintenant. Je peux attendre que tu te prépares pour le dire à ta famille. Cela n'a pas besoin d'être aujourd'hui ou demain, ou même la semaine prochaine. Tant que tu finiras par y arriver, ça me va.

Je ne réponds pas, regardant par la fenêtre à la place. Il est gentil et compréhensif, mais il a besoin que je sorte à un moment donné, et ce week-end m'a montré que je n'ai aucune idée de quand ce sera. Faire mon coming-out à ma famille, c'est plus que simplement leur dire que je suis gay. C'est moi qui leur dis que je leur ai menti pendant des années. Et à moi-même. C'est moi qui leur dis que c'est de ma faute si nos parents ne sont pas là pour nous voir grandir, nous marier, avoir des enfants... Putain, c'est nul. Tout est de ma faute, et quand je leur dirai enfin ça, ils auront l'impression qu'ils ne m'ont même jamais connu. Ce qui, je suppose, est vrai, parce que j'avais l'impression qu'avant de revenir à l'université cette année, de rencontrer Sam et Zeke... Je ne me connaissais même pas vraiment. J'apprends encore à savoir qui je suis, à bien des égards.

"Creed", dit doucement Zeke, tendant la main pour prendre ma main dans la sienne. "C'est bon. Pouvez-vous s'il vous plaît juste me parler? Dis-moi ce qui se passe dans ton esprit.

« Je suis juste déçu », j'avoue en fermant les yeux un instant. « En moi, pas en toi, évidemment. Je pensais vraiment que je pouvais le faire. Dis leur. Soyez honnête avec eux. Mais je... je ne peux pas.

« Vous y arriverez », m'assure Zeke. "Le coming out fait peur à la plupart des gens. Je ne connais qu'une poignée de personnes qui n'ont pas eu une sorte de panique avant d'en parler à leur famille.

"Veux-tu me parler de ton coming-out ?" Je demande. Je préfère parler de lui que de moi en ce moment, et je suis curieuse de ses jeunes années depuis un moment maintenant.

"Bien sûr", dit Zeke, sa voix un peu tendue maintenant. "J'avais 16 ans, et j'avais embrassé quelques gars à ce moment-là, et je voyais en quelque sorte ce gars de l'église." Il rit doucement. "Mes parents m'ont fait aller à l'étude biblique tous les dimanches, et en écoutant notre professeur nous dire à quel point être gay est un péché, j'étais totalement amoureux du gars à côté de moi. Timothée Granger. Il n'était pas sorti non plus, mais je pouvais dire qu'il était gay aussi, et nous nous sommes embrassés pour la première fois quelques semaines après notre rencontre, derrière l'église, en fait. Nous avons continué à nous voir après l'école chaque fois que nous le pouvions, en nous faufilant ensemble... Je suppose que c'était mon premier petit ami, même si nous n'avons jamais mis d'étiquette sur les choses. Au bout d'un moment, j'ai décidé que je ne voulais plus me cacher, même si je savais que mes parents allaient flipper.

"C'est vraiment courageux, que vous leur ayez dit." Je ne peux pas m'empêcher de l'admirer pour avoir reconnu sa vérité à un si jeune âge. "Cela a dû être effrayant."

"Oh oui, ça l'était", acquiesce-t-il. « Timothy ne voulait pas sortir, et il m'a dit qu'il ne voulait pas continuer à me voir si je commençais à dire aux gens que j'étais gay, alors nous avons rompu. Pourtant, je voulais sortir. Je l'ai d'abord dit à mes amis, et ils ont réagi surpris, voire choqués, et l'un d'eux est devenu tout bizarre à l'idée de se changer devant moi et tout, mais les autres m'ont tous vraiment soutenu. Alors... j'ai rassemblé tout mon courage et j'ai dit à mes parents pendant le dîner, sachant très bien que j'étais sur le point de faire exploser toute ma putain de vie.

"Le regrettez-vous ?" je lui demande en étudiant son visage. Il a l'air tendu, mais pas paniqué ou quoi que ce soit.

« Non », dit-il tout de suite. « Bien sûr, si j'avais su ce qui allait se passer, j'aurais attendu d'avoir 18 ans et de sortir de la maison avant de leur dire, parce que ce camp d'été... toute la thérapie... ça m'a vraiment foutu pendant un moment. Mais je ne regrette pas d'avoir été fidèle à moi-même et de ne pas m'être forcé à être quelqu'un que je n'étais pas.

« Comment était-ce ? Le euh... camp d'été ?

La mâchoire de Zeke se serre et il fixe la route, sans parler pendant quelques minutes. « C'était... difficile », grogne-t-il juste au moment où je pense qu'il ne va pas répondre. "Ça aurait pu être pire. Je veux dire, je connais des gens qui ont subi des abus physiques dans des endroits comme ça. Je connais les histoires. Ce n'était pas comme ça pour moi. C'était simplement mental, émotionnel... mais c'était quand même de la maltraitance. On m'a dit que j'allais finir par brûler en enfer pour l'éternité, que les choix de ma vie signifieraient que ma famille serait également maudite, que Dieu ne m'aimait plus... J'ai été obligé de regarder du porno pur la nuit, nous tous l'étaient. Nous avons dû écrire tous les péchés que nous avions commis et les lire à haute voix, montrant aux chefs du camp que nous étions repentis. Nous avons dû lire chaque passage de la Bible qui indique clairement que l'amour n'est censé être qu'entre un homme et une femme. Encore et encore. Je peux encore réciter chaque passage qu'ils ont imprimé en moi. Il se tait, regarde au loin.

"Crois-tu en Dieu?"

"Oui", répond immédiatement Zeke. «Je l'ai fait à l'époque, et je le fais toujours, juste d'une manière différente, je suppose. Est-ce que vous?"

« Ouais », j'avoue. "Je ne suis pas religieux et je n'ai pas été élevé à l'église, mais je crois en Dieu."

Zeke semble surpris par cela. « Est-ce difficile pour vous d'être gay et de croire en Dieu en même temps ? Je veux dire... c'était l'une des raisons pour lesquelles sortir et apprendre à m'accepter était si difficile pour moi, évidemment. C'est pour ça que tu as peur d'en parler à ta famille ?

Je secoue la tête. "Aucun d'entre eux ne croit en Dieu. Ils ne sont pas religieux du tout. Mon frère aîné, Dshawn, n'est même pas marié à sa petite amie, et ils ont deux enfants. Mes parents n'étaient pas mariés non plus. Ils sont un groupe non traditionnel, vraiment. Ils ont une morale et des valeurs, bien sûr, et ce sont vraiment de bonnes personnes, mais aucun d'entre eux n'est religieux.

"Mais tu crois," dit doucement Zeke. « C'est... je ne sais pas, mais j'aime bien savoir ça à ton sujet, en fait. Je crois vraiment en Dieu et je suis définitivement chrétien même après tout ce que j'ai vécu avec mes parents, ma communauté à la maison, la thérapie de conversion... Ces gens n'étaient pas chrétiens comme je pense qu'ils auraient dû l'être. Je ne pense pas que Dieu me détesterait pour t'aimer. Il m'a créé ainsi, n'est-ce pas ? Pourquoi créerait-il des homosexuels si c'est vraiment un tel péché ? Tous les autres péchés sont quelque chose que vous avez choisi de faire, n'est-ce pas ? Vous n'êtes pas né un tricheur, un meurtrier, un agresseur, ou quelque chose comme ça. C'est un choix, et un mauvais choix. Mais tu es né gay.

Je n'entends presque rien de ce qu'il dit après les mots t'aimer. Je ne pense pas qu'il ait même réalisé qu'il les avait dites, parce qu'il continue de parler comme s'il ne venait pas de lâcher une énorme bombe sur moi. *Il m'aime.*

Je lui ai promis de faire son coming out à ma famille, mais je ne l'ai pas fait, et pourtant il m'aime toujours. Cela ne fait pas si longtemps que nous nous sommes rencontrés, mais il sait déjà qu'il ne m'aime pas seulement. Il m'aime.

Je suis content qu'il ne sache pas qu'il vient de m'avouer son amour, parce que je ne suis pas prêt à le lui dire en retour.

Je tombe amoureuse de lui. En fait, je suis déjà tombé. Je n'ai jamais ressenti ça pour personne, pas même pour Nolan, que j'ai vraiment aimé à ma manière, même si je ne le voulais pas. C'était un amour de chiot cependant, un amour d'adolescent enfermé que je ne savais pas comment gérer. Ceci est différent. Je suis un adulte, je suis en quelque sorte sorti maintenant, et c'est Ezekiel Maddox, le genre d'homme pour qui il est impossible de ne pas tomber amoureux.

Le dire à voix haute cependant... c'est trop tôt pour moi. Je ne peux même pas faire mon coming out à ma propre famille. Comment puis-je lui dire que je l'aime alors que je ne peux même pas dire à haute voix que je suis gay aux gens que j'ai connus toute ma vie, qui ont été là pour moi tous les jours et que j'aime plus que quiconque ou rien?

"Credo?" demande Zeke, me tirant de mes pensées. "M'as-tu entendu?"

« Hum, quoi ? » je lui réponds en le regardant.

"Je vous ai demandé si vous vouliez manger un morceau au restaurant ou venir à la maison avec moi et me laisser cuisiner pour vous", dit-il avec un doux sourire. « Parler un peu plus, peut-être ? »

"Je suis vraiment très fatigué," je mens. Tout cela devient un peu trop pour moi, et j'ai besoin de temps pour moi-même, pour rassembler mes pensées. Je déteste ne pas pouvoir le laisser entrer maintenant, et je peux dire que ma réponse le déçoit, mais il ne veut pas le montrer, encore moins le dire.

"D'accord", répond-il en s'arrêtant sur le parking derrière son immeuble. "Je suppose que je vais juste te raccompagner à la maison alors."

Nous sortons et je prends mon sac dans le coffre. Ma maison est proche, donc cela ne prend qu'une minute avant que nous devions nous dire au revoir. Il m'embrasse et je le serre contre moi avant de le lâcher.

"Je suis vraiment désolé," m'écriai-je, détestant que je lui fasse ça. Il est si bon. Il pouvait faire tellement mieux que moi.

"Il n'y a pas de quoi être désolé", m'assure-t-il en touchant tendrement le côté de mon visage. « Ne t'en fais pas. Dis-moi si tu veux qu'on se réunisse demain, d'accord ? Et si vous avez besoin de plus d'espace, c'est bien aussi. Je peux me passer de toi pendant quelques jours. Il sourit taquin. « Ce sera difficile, mais je vais y arriver. Je sais que c'est dur pour toi. Tu n'as pas besoin d'être fort tout le temps, Creed. C'est bon."

Seulement ce n'est pas le cas. Ce n'est pas bien du tout. Je lui donne encore un baiser avant d'entrer dans la maison et de fermer la porte derrière moi. J'ai l'impression de créer une distance entre nous, et je déteste ça. Je ne veux pas ça du tout, mais c'est trop pour le moment. Je ne veux pas d'espace et j'en ai envie en même temps. Il doit y avoir quelque chose qui ne va pas avec moi. J'ai un petit ami qui vient me chercher à l'aéroport sans même que je lui demande de le faire, après l'avoir laissé tomber d'une manière majeure, et tout ce qu'il fait, c'est me dire qu'il le comprend, et il ne me met aucunement la pression chemin. Pourquoi ne puis-je pas simplement rentrer à la maison avec lui et reprendre là où nous nous sommes arrêtés ? Pourquoi ne puis-je pas être fort, confiant et à l'aise avec moi-même comme Zeke l'est ?

10

Tout à toi

D evon est sur le canapé du salon, buvant de la bière et mangeant tout seul un sac de Cheetos. Il me salue sans lever les yeux. Il a l'air fatigué et misérable, exactement ce que je ressens.

"Qu'est-ce qui ne va pas ?" je lui demande, jetant mon sac par terre et m'asseyant également, lui volant les chips et buvant une gorgée de sa bière.

"Rien", grogne-t-il. "Mon frère s'est fiancé."

« Oh, euh... félicitations ? » je lui propose en lui rendant sa bière.

« Ouais », soupire-t-il. "C'est super pour lui. Mes parents sont tellement excités. Au moins un de leurs enfants fait tout ce qu'il est censé faire. Terminer l'université, trouver un emploi, épouser une gentille fille... Elle aura des enfants d'ici un an, tu verras.

"Tu fais tout ça aussi," je lui rappelle. « Tu as sept ans de moins que lui, donc évidemment tu es toujours à l'université. Pas de précipitation pour la fille, le mariage et les enfants, non ? »

Devon secoue la tête et avale ce qui reste de sa bière. «Je déteste l'université, mec. Je ne veux pas aller à l'école de médecine comme toi et Lee. Je n'aime même pas la radiologie. Je ne veux pas travailler dans un hôpital. Je déteste tous mes cours, mes professeurs et tout ce putain de matériel de lecture.

"Alors changez de majeure." Je hausse les épaules. "Tes parents ne veulent pas nécessairement que tu sois médecin, n'est-ce pas ?"

"Non, mais je n'aime rien d'autre non plus," grogne-t-il. "Je ne sais pas quoi choisir d'autre. J'ai suivi des cours supplémentaires dans d'autres domaines pour savoir s'il y a quelque chose que j'aime, mais c'est tellement ennuyeux. Je préférerais obtenir un emploi de barman ou de serveur plutôt que de continuer à étudier, mais ils seraient tellement déçus, et ce n'est pas comme si j'avais un plan sur ce que je veux faire du reste de ma vie, alors... je suppose que je ' Je vais juste tenir le coup.

Je n'avais aucune idée qu'il ressentait cela. Je suppose que je ne lui ai jamais vraiment parlé de choses comme ça. J'ai vraiment été le pire ami du monde pour lui, alors qu'il m'a soutenu tout le temps, m'a donné un logement bon marché et m'a aidé à me mettre avec Zeke. Je suppose que c'est à mon tour d'intervenir maintenant.

"L'école de médecine n'est pas quelque chose que tu fais juste si tu détestes ça," lui dis-je, me levant et nous attrapant tous les deux une autre bière du frigo. « Si vous changez votre majeure pour quelque chose qui ne prend pas autant d'années à terminer, vous pouvez au moins le faire en quelques années, n'est-ce pas ? Et si on te trouvait autre chose ? Ce n'est peut-être pas l'étude de vos rêves, mais au moins ce sera moins nul que la radiologie et vous aurez terminé plus tôt. Peut-être que l'université n'est tout simplement pas quelque chose que vous aimerez, alors peut-être... peut-être devriez-vous vous concentrer sur le type de travail que vous aimeriez, puis choisir l'étude qui vous y mènera. De cette façon, tenir le coup sera au moins pour un travail que vous aimerez réellement.

Devon hoche lentement la tête. « Ouais, ça ressemble en fait à un bon plan. Je préférerais abandonner complètement, mais mes parents vont probablement me renier, et je ne suis pas qualifié pour faire autre chose que devenir serveur ou quelque chose, et je ne me vois pas faire ça toute ma vie non plus, alors... ouais . Changer ma majeure pour quelque chose qui ne prend pas aussi longtemps que l'école de médecine... Je peux le faire.

"Bien sûr vous pouvez." Je trinque ma bière à la sienne.

"D'accord, assez parlé de ma triste vie", décide Devon, tournant son attention vers moi maintenant. "Comment s'est passé ta fête de Thanksgiving?"

« J'allais faire mon coming-out à ma famille », avoue-je en regardant le sol. "Mais je me suis dégonflé. Et puis Zeke m'a en quelque sorte dit qu'il m'aimait, et je ne l'ai pas dit en retour et je lui ai dit que j'avais besoin d'espace.

"Eh bien putain," souffle-t-il en tapotant mon genou. "C'est nul. C'est quand même un gars patient. Je ne transpirerais pas si j'étais toi. Vous y arriverez. Est-ce que tu... est-ce que tu l'aimes ?

Je hausse les épaules. "Ouais, je pense que oui, mais je ne suis gay que depuis... quelques semaines."

Devon éclate de rire, me prenant au dépourvu. "Mec, c'est des conneries. Tu as toujours été gay. On ne se réveille pas gay un jour. Tu n'es sorti que depuis peu de temps, mais ça ne veut pas dire que tu n'étais pas déjà gay depuis... eh bien, pour toujours, je suppose.

De toute évidence, il a raison à ce sujet, mais je ne l'ai jamais accepté jusqu'à récemment, et je ne suis pas encore très à l'aise avec ça. Autour de Zeke, je suis, mais quand je suis de retour à la maison, entouré de photos de mes parents décédés, mes frères et sœurs se lèvent tous dans mon grill et parlent de combien ils leur manquent... Je reviens à qui j'ai été pendant des années. Faux credo. Credo droit. Le gars qui n'avait pas d'amis, qui ne savait pas parler aux gens et qui ramenait des filles à la maison juste parce que c'était la chose la plus facile à faire.

Avant que je puisse penser à quelque chose pour expliquer à Devon pourquoi je me sens si bizarre sans avoir à révéler tout mon sombre secret, Sam fait irruption, ressemblant à un enfer en sueur et une chemise tachée, ses longs cheveux bouclés tirés en un chignon désordonné . Elle vient tout juste de débarquer de l'avion, tout comme moi, et je me sens mal de ne pas avoir pensé à demander à Zeke d'attendre à l'aéroport avec moi pour que nous puissions la raccompagner chez elle. Elle déteste les transports en commun, et je lui ai fait prendre le bus. Dieu, je suis nul en tant qu'ami, n'est-ce pas ?

"Je déteste Thanksgiving", gémit-elle, se jetant entre moi et Devon, attrapant nos deux bières et les avalant avant de rendre les bouteilles vides. « Mes parents sont sur le point de divorcer et ils vendent la maison dans laquelle j'ai grandi. Apparemment, ils ont tous les deux déjà quelqu'un d'autre. Papa emménage avec une fille de 23 ans qui ressemble à une putain de bambine, et maman prend un tout petit appartement près d'un veuf avec trois jeunes enfants pour qu'elle puisse travailler pour devenir une putain de belle-mère, je suppose.

"Merde", dit Devon en secouant la tête.

Je me lève pour nous apporter à tous une autre bière, et quand je reviens, Samantha pleure. Elle a pratiquement rampé sur les genoux de Devon, et il la tient comme s'il n'était pas sûr de ce qu'il était censé faire avec une femme qui pleurait. Je comprends tout à fait. Je pose leurs bières sur la table basse et m'assieds à côté d'eux.

« Je sais que je suis trop vieille pour m'énerver à propos de la séparation de mes parents, mais... » Elle gémit, pressant son visage contre sa chemise, s'essuyant le nez dessus. «Ils sont tellement d'accord avec ça. Ils sont vraiment heureux l'un pour l'autre, et ils vont rester amis. Qu'est-ce que c'est que ça? Ne peuvent-ils pas simplement crier et se battre comme s'ils s'en souciaient encore ? Ils sont juste... tout à fait d'accord pour divorcer et avoir été trompés pendant des mois. C'est comme s'ils s'en foutaient même d'être ensemble depuis qu'ils avaient 18 ans, qu'ils avaient un enfant, qu'ils étaient censés être amoureux ! Ils tellement... tellement... UGH !

"C'est nul", acquiesce Devon, "mais pourriez-vous peut-être ne pas avoir de la morve partout sur moi?"

Sam grogne et le frappe sur la poitrine. "Ta gueule. Je pleurerai si je veux.

«Je suis d'accord avec les larmes, mais pas avec ta morve sur ma chemise», dit-il en la piquant. "Peut-être que Creed vous laissera utiliser sa chemise comme mouchoir."

« Non », je refuse tout de suite en frissonnant.

« Vous êtes nuls, les gars », dit Sam en quittant Devon et en s'appuyant contre moi, la tête sur mon épaule.

Je mis mon bras autour d'elle à contrecœur, priant pour qu'elle ne se mouche pas dans ma chemise. "Nous avons aussi eu des Thanksgiving nuls, si cela vous fait vous sentir mieux."

"C'est vrai", dit Sam en riant doucement. « Dites-moi tout, s'il vous plaît. Je me sentirai tellement mieux de savoir que je ne suis pas le seul à souffrir.

Devon attrape sa bière sur la table et lui tend l'autre. "D'accord, ma fille, installe-toi, parce que ce week-end a été un enfer absolu. Celui de Creed était pire que le mien, alors peut-être devrions-nous commencer par lui.

Sam me regarde avec impatience. "Renverse le."

Avec un soupir, je leur raconte tout mon week-end, et à la fin, Sam me regarde comme si j'étais fou. « Ce n'est pas du tout un mauvais week-end », me dit-elle presque en colère. "D'accord, alors tu t'es dégonflé. Réessayez lorsque vous serez de retour à la maison pour les vacances de Noël. Putain de grosse affaire. Il m'a fallu six essais pour sortir, et ma famille me soutient, tout comme la vôtre, donc je comprends. Ça n'a pas à avoir de sens pour avoir peur, c'est juste... là, je suppose, cette peur irrationnelle du rejet. Je comprends tout à fait. Mais le truc avec Zeke... si tu l'aimes, dis-lui. Enlève-toi de ce canapé, va chez lui et dis-lui.

Je secoue la tête en m'affaissant un peu. "Je ne peux pas. Pas encore."

« Chatte », dit-elle en roulant des yeux. « D'accord, Devon, tu es debout. S'il vous plaît, dites-moi que votre week-end a vraiment été nul, parce que je gagne tellement de Creed en ce moment.

Nous restons dans le salon encore quelques heures à parler des problèmes de Devon et de Sam. Je les écoute juste, j'essaie de les soutenir et de nous apporter plus de bières toutes les quinze minutes. À la fin de la nuit, nous sommes tous bourdonnés et riant de notre misère. C'est super d'avoir enfin des amis comme ça. Ils sont bizarres de la meilleure façon possible. Et peut-être... peut-être que Sam a raison. Peut-être que ce week-end n'a pas été aussi horrible que je le prétends. Et j'adore Zeke. Bien sur que oui. Comment ne pourais-je pas ?

Désolé pour aujourd'hui, Je lui envoie un texto quand je suis au lit bien après minuit. Déjeuner demain ?

Il ne répond pas, probablement parce qu'il dort en ce moment, alors je range mon téléphone et j'essaie de dormir un peu. Quand je m'endors enfin, je glisse directement dans l'un de mes cauchemars, où mes parents me renient parce que je suis gay, puis le conducteur ivre nous percute. Cette fois, je meurs avec eux, flottant dans les airs et regardant nos cadavres. Je me réveille en sueur, grelottant malgré la chaleur, et je prends une douche froide, ce qui ne me fait rien pour me sentir mieux.

En ce moment, tout ce que je veux, c'est aller voir Zeke et me blottir contre lui, mais il est 5 heures du matin, donc je ne peux pas faire ça.

Ou... peut-être que je pourrais ?

Je veux dire... pourquoi pas, non ?

J'enfile un sweat et une vieille chemise, attrape mes clés et mon téléphone et me dirige vers son appartement. Il lui faut une éternité pour ouvrir la porte, et je dois sonner quatre fois. Quand il ouvre enfin la porte d'un coup sec, l'air endormi et ennuyé, j'entre et l'embrasse fort.

"Hé," grogne-t-il en fermant la porte derrière moi. "Est-ce que ça va ? C'est le milieu de la nuit, Creed."

"Je sais." Je le suis à l'étage, où il retourne directement dans sa chambre, s'installe contre la tête de lit tout en se frottant les yeux. Il n'est pas encore complètement réveillé, il a l'air si mignon tout mécontent et confus. "J'ai juste... j'ai fait un cauchemar et je voulais te voir."

"D'accord," dit-il, toujours en fronçant les sourcils. « Je suis désolé, je suis tellement fatigué. Il m'a fallu une éternité pour m'endormir, et je dois me lever dans... » Il regarde l'heure et jure. "Je dois être au travail dans deux heures, Creed."

J'enlève ma chemise et mon pantalon pour pouvoir aller au lit avec lui, me sentant horrible de l'avoir réveillé. "Je suis désolé, rendors-toi."

Il me regarde et son expression s'adoucit. "C'est bon. Je suis content que tu sois venu. Un cauchemar, vous avez dit ? Veux-tu en parler?"

Je secoue la tête et me blottis contre lui à la place, déposant un baiser sur sa joue. « Non, je ne préfère pas. Je... je paniquais, et tout ce que je veux quand je me sens comme ça, c'est... eh bien, toi.

Zeke m'embrasse tendrement et tire les couvertures sur nous, s'installant pour que je puisse poser ma tête sur sa poitrine et m'enrouler autour de lui. « Tu sais que tu peux toujours venir me voir. Désolé d'être grincheux, je ne supporte pas bien d'avoir si peu de sommeil. Je sais que j'agissais comme si j'allais bien avant, mais que tu t'éloignes de moi me fait vraiment mal, Creed, même si je comprends. Je ne te blâme pas, mais ça me fait peur que ce soit trop pour toi.

"Ce n'est pas le cas," je murmure. "Je je t'aime."

Zeke se fige, son emprise sur moi se resserre. « Venez-vous de dire... ? »

"Oui," je souffle, me sentant effrayée et excitée en même temps. "Je vous aime."

Il nous retourne pour que nous soyons tous les deux sur le côté, et il me regarde dans les yeux pour voir si je suis sérieux, ses mains tremblant. "Je vous aime aussi."

Je le savais déjà bien sûr, d'après ce qu'il a dit dans la voiture sans même réaliser ce qu'il disait, mais c'est différent maintenant. En fait, il me le dit, me regarde droit dans les yeux et tout.

« Je n'ai jamais dit ça à personne », j'avoue. "C'est tout nouveau pour moi. Je n'ai jamais eu de vraie relation avant. Je n'ai aucune idée de ce que je fais."

Zeke sourit et m'embrasse avec tellement de tendresse que ça me rend toute molle à l'intérieur. « Je sais que non, mais tu te débrouilles bien, Creed. Incroyable, en fait. Je t'aime, vraiment."

"Je vous aime aussi."

Il soupire profondément, l'air si heureux que je ne peux m'empêcher de l'embrasser à nouveau. "Tu n'arrêtes pas de me surprendre," murmure-t-il quand nous nous séparons. « Tu es tellement plus fort que tu ne le penses, Creed. J'aimerais que tu puisses te voir comme je le fais, parce que tu es vraiment incroyable.

"Ouais, je le suis totalement", je plaisante, le faisant rire. "La meilleure chose qui te soit jamais arrivée, vraiment."

"Je sais que tu plaisantes, mais c'est en fait vrai," chuchote-t-il.

Je ne sais pas quoi répondre à ça, alors je l'attire juste plus près et commence à embrasser son cou. Sa main glisse le long de mon dos, saisissant mon cul, et je gémis, ma bite sautant au garde-à-vous. Lorsque je descends ma main sur sa poitrine et que j'atteins son caleçon, je sens qu'il est aussi dur que moi.

« Je suis prêt », je murmure à son oreille. "Je te veux."

Il inspire fortement. "Êtes-vous sûr ?"

"Oui," je gémis quand il déplace sa main vers le devant de mon corps et me caresse avidement. "Je suis prêt."

"Putain," gémit-il, roulant sur moi et se frottant contre ma cuisse. "Je veux cela. J'ai hâte de te sentir en moi.

« Non », je réponds, mon cœur battant dans ma poitrine. « Je veux dire, oui, je le veux, mais... je suis à toi. Je veux que tu... me prennes.

"Ah putain, oui." Il m'embrasse fort, ses mains sur moi. « Es-tu... es-tu sûr ?

"Oui." Je n'ai jamais été plus sûr de rien. « C'est juste que... je ne sais pas ce que je fais, alors tu devras... me montrer. J'ai regardé du porno gay, donc j'en connais les mécanismes, mais je ne sais pas comment m'y prendre, à quoi faire attention, et tout le côté émotionnel d'être avec lui me prend toujours au dépourvu. Je peux à peine penser quand il est sur moi comme ça.

"Je t'ai", jure Zeke, ses yeux ennuyeux dans les miens. « Tu me fais confiance, n'est-ce pas ? »

"Oui." C'est une évidence. "Je te fais confiance. Je vous aime."

"J'adore t'entendre dire ça," grogne-t-il, l'air plus excité que je ne l'ai jamais vu. « Putain de sommeil. Putain de boulot. Nous faisons cela. Tout de suite. Et nous allons aussi prendre notre temps. Tu vas adorer, Creed. Je te promets de te faire du bien.

Mon corps bourdonne d'anticipation. Il n'y a aucun doute dans mon esprit qu'il va rendre ça vraiment bien pour nous deux. Maintenant que nous sommes à nouveau ensemble, dans son lit, il est difficile de se rappeler pourquoi j'ai paniqué il n'y a pas si longtemps. Il me donne l'impression d'être aussi forte et digne qu'il semble le penser.

« Comment commencer ? » je demande, me sentant tellement stupide de poser une question aussi stupide.

« Et si on prenait une douche ensemble ? me propose-t-il en m'embrassant avidement. "Tu te détends un peu plus, peut-être... peut-être que tu veux te doucher d'abord ?"

"Douche?" Je réponds. "Qu'est-ce que c'est?"

Zeke recule, me regardant avec rien d'autre qu'amour et émerveillement. "J'oublie toujours à quel point vous êtes inexpérimenté. C'est trop mignon. Je n'ai jamais été le premier de personne auparavant. Je ne pensais pas que cela aurait de l'importance, mais cela me fait me sentir plus spéciale que ce à quoi je m'attendais.

Je souris à cela, aimant à quel point il semble excité. "Tu es spécial."

"Non, nous le sommes", chuchote Zeke avant de me lâcher et de me sortir du lit avec lui. « Allez, on va prendre une douche ensemble. Je vais te dire tout ce que tu as besoin de savoir, et si tu veux toujours le faire après, je vais... » Il grogne, m'attirant contre lui, sa bouche se déplaçant vers mon oreille. « Je vais te baiser », murmure-t-il d'une voix rauque. "Je te ferai un doux, doux amour."

Je suis si dur maintenant que ça fait presque mal, et je l'attire pour un baiser frénétique, enfonçant mes mains dans son short pour pouvoir attraper son cul et caresser son érection dure comme de la pierre. Il tire sur mes sous-vêtements, me forçant à m'éloigner un instant pour que nous puissions tous les deux nous déshabiller. Il est si beau, si fort, si doux...

Nous nous dirigeons ensemble vers la salle de bain, où je me mets à genoux avant même d'entrer dans la douche, ayant besoin de le goûter. Il attrape l'arrière de ma tête et laisse échapper une série de jurons quand je commence à le sucer fort et vite, trop impatiente pour aller lentement avec lui. Quand je le sens commencer à se rapprocher, je me penche pour me toucher tout en continuant à le sucer, ayant moi-même besoin d'une sorte de libération.

« Oh, c'est chaud », grogne Zeke en me regardant. « Ne venez pas, cependant. Je veux être celui qui te fera jouir, Creed. N'ose pas venir.

Je gémis autour de lui et il frissonne, si près que je peux sentir tout son corps se préparer à exploser dans ma bouche. Quand je gémis à nouveau et que je touche ses couilles, il ne peut plus lutter, gémissant doucement alors qu'il atteint son coup d'œil. Je recule pour avaler et me relève, poussant un Zeke hébété dans la cabine de douche et ouvrant l'eau pendant que je l'embrasse, attrapant sa main et la mettant sur ma bite, avide de bien plus.

Il me branle frénétiquement, me regardant comme s'il ne pouvait pas croire que j'étais réelle. « Je t'aime », dit-il d'une voix basse et sensuelle.

"Je vais venir," je l'avertis, sentant mes couilles s'étirer. "Putain, Zeke..."

Il accélère encore plus le rythme et je jouis si fort que je ne peux rien faire d'autre que me donner complètement à lui, mon sperme frappant son ventre avant d'être lavé par l'averse constante de la pomme de douche. Si c'est déjà si putain de chaud, je me demande ce que ça va faire avec lui à l'intérieur de moi. Je peux dire qu'il pense la même chose.

En fait, il est déjà à nouveau dur, mais quand je déplace mes mains sur son corps, il secoue la tête.

"La prochaine fois sera à l'intérieur de toi," me dit-il avec un gémissement.

Ma bite se durcit à nouveau à ces mots, se tordant avec impatience. Je suis tellement prêt pour ça que j'ai l'impression que je vais devenir fou si on n'y va pas tout de suite. « Dis-moi », je grogne en le poussant contre le mur carrelé. « Qu'est-ce que j'ai besoin de savoir ? »

A SUIVRE DANS LE LIVRE 3......

VEUILLEZ LIRE ET ACHETER LE LIVRE 3 POUR TERMINER CETTE SUITE.

MERCI D'AVOIR LU CE LIVRE A PLUS TARD....

Also by Demi Lara

Au plaisir de mes envies
Au plaisir de mes envies
Au plaisir de mes envies
Au plaisir de mes envies
Au plaisir de mes envies

Choisissez-Moi
Choisissez-Moi

Lightning Source UK Ltd.
Milton Keynes UK
UKHW010813090223
416681UK00002B/535